冰雪女王

【復刻珍藏版】

安徒生經典插畫復刻，冰雪奇緣動畫故事原型

The Snow Queen

安徒生（Hans Christian Andersen）──原著

凱瑟琳・比佛利（Katharine Beverley）
　　　　　　　　　　　　　　　　　　──繪圖
伊莉莎白・艾蘭德（Elizabeth Ellender）

劉夏泱──策劃・賞析

李康莉──翻譯

安徒生的反逆童話

導讀｜作家　謝曉昀

　　1844 年，安徒生發表了此生篇幅最長，人物角色也最多的童話故事：《冰雪女王》。許多人用不同手法翻拍成動畫、卡通（最出名的便是由迪士尼改編成動畫電影：「冰雪奇緣」），用各種方式詮釋。

　　而此本由 1929 年，兩位女插畫家：凱瑟琳‧比佛利，以及伊莉莎白‧艾蘭德合力繪製美麗的插圖，再加上安徒生原有的故事，完成此本精緻獨特，意境截然不同的《冰雪女王》，實為經典之作。

　　這本《冰雪女王》，我前後細讀了相當多次，來回旋繞於印象裡對童話的刻板印象截然不同──這樣「反逆童話的童話故事」裡，實則有種說不出的困頓兼併暢快之感。

　　本書一開頭，就先出現了不符童話──邪惡如撒旦般存在的魔鏡：

　　「不管是什麼奇妙、美好的東西，只要被這鏡子一照，就會立刻縮成一團，最後化成灰燼。反而是那些醜陋、無用的東西，卻會立刻被放大和強化，比原本的樣子要醜上十倍。」

　　然而，當魔鏡碎裂成為「不比沙子還要大」的粉塵灑落全世界，掉進人們的眼睛裡，人的心就會變得冷酷無情。

　　男孩凱伊與女孩葛爾姐，原本是青梅竹馬的玩伴，但由於凱伊的眼睛掉進了魔鏡碎片，看出去的世界扭曲變形，無法持續原本的美好靜謐；他開始

遠離祖母、冷落葛爾妲，無端攻擊其他人，直到後來，他見到了冰雪女王。

凱伊被女王絕世的美艷震懾了，以驕傲的口吻，炫耀起自己微薄粗淺的知識與經驗，希望女王認為他與其他人不同。

其實這個章節，故事便很清楚由前頭連結此段，表達魔鏡碎片讓凱伊的心凍結，性格變異扭曲，之後的所作所為讓他全然脫離真善美（或可說是童真），成了俗不可耐、自以為是的成人了。而晶燦耀眼地現身於暴風雪中的冰雪女王，將狂亂迷戀她的凱伊帶走，鎖在冰雪宮殿裡，葛爾妲從此踏上尋找凱伊的漫長旅程。

這個童話故事值得玩味的是，女孩葛爾妲在追尋男孩凱伊的過程中，直到終於抵達冰雪宮殿，救出凱伊為止，一路上遇見，阻撓與幫助她的，清一色全是女性：

被詛咒的花園中的女巫、於那座陽光明媚、奼紫嫣紅的花園裡，爭相對葛爾妲說故事的眾花朵；不僅花朵意味著女性特徵，她們述說的故事裡的主角，也全都是女性。

公開徵婚（而前來面對公主的男人們，行為舉止與凱伊一開始見到冰雪女王時，世故的模樣，有同工異曲之妙），且給了葛爾妲靴子與馬車的公主、與眾多動物生活的強盜女孩與老強盜婆婆。

最後，指點了葛爾妲最重要的關鍵的拉普蘭老太太，與芬蘭女智者，當然，還有要凱伊在宮殿裡拼出「永恆」兩個字，才能重獲自由的冰雪女王。

在《冰雪女王》的故事裡，每個女性角色，都有獨一無二、核心切面的各式面貌：貌似仁慈老太太的女巫，對葛爾妲懷有私心慾望，希冀這可愛的女孩可以永遠留下來陪伴寂寞的她，便把唯一可喚醒葛爾妲的玫瑰藏起，讓

葛爾妲失去記憶，讓她與其他花朵對話。

　　眾花朵們，則是跟葛爾妲說了許多關於各式女性的異色故事——

　　虎皮百合花：那位身穿紅袍的印度寡婦，被在火堆旁的陌生人吸引，勾引出龐大的慾望而就要被熊熊烈火燃燒殆盡了。

　　杜鵑花：古老城堡的陽台上，站著一個等待男人過來的少女。

　　雪花蓮與風信子：則說出小孩與狗兒嬉鬧的片段畫面，以及三個女孩走進了森林，在湖畔邊跳舞，最後悲傷地躺進了河裡的三具棺材中。

　　而這些對話與故事，可說是《冰雪女王》中最弔詭與魔幻之處，花朵訴說的皆是由慾望、誘惑、死亡、耽溺、幻滅、哀柔、悲泣等這些完全不屬於所謂的「童話」的複雜哀傷。

　　葛爾妲對這些花朵說，她對於這些故事，全然聽不懂；然而，世界的原始面貌，卻是理所當然地擁有這些。

　　於是，我不禁思索：安徒生是否把他的世界觀，或者他所抱持著的悲劇（小美人魚、賣火柴的姑娘），放大反映在這些花朵所說的故事裡。

　　女王、女孩與婆婆、女巫、公主、強盜女孩、智者……每個不同年齡層的女性，在這本書裡，展現出切面繁複的樣貌，而這個故事中，最沒有真實模樣的，就只有擔任主角的凱伊這個男孩。

　　所以，這是一本女性主義的童話故事嗎？

　　而《冰雪女王》中的葛爾妲艱辛萬千的歷險，為的是拯救心愛的凱伊，而阻撓的是冷漠殘酷的冰雪女王，為的就是要證明「愛的力量終究會戰勝一

切」嗎？

只有這樣嗎？

面對用童話去包裹碩大寓意於其中的此書，閱讀時總出現陷入某個陌生時空、背景之困境，四周的空氣也逐漸變得混濁不堪；甚至，可說感覺像轉調立足至另一平行宇宙之感：

並不如讀任何其他童話故事，甚至其他小說般輕鬆愉悅，當然，也毫無「王子與公主從此過著幸福、快樂的日子」的期待。

《冰雪女王》這個童話（似乎也不只是童話而已），最末要凱伊拼出的『永恆』，絕不只有表面淺層，強調愛的力量好偉大那樣單薄，而是在故事的細節裡，所蘊藏、闡盡了所有女性的意志力：

「『我不能給她比她現在已經擁有的，更加強大的力量了。』女智者說，『你沒有看出她的力量有多強大嗎？你沒有看見男人和動物都必須為她效勞，沒有看出她打著一雙赤腳，卻在這世界上跑了多遠的路嗎？』……

『她不需要從我這兒獲得任何比她現在所有的，更大的力量了；因為她強大的力量就來自她自己內心的純潔和善良。如果她自己不能到達冰雪女王那兒，把魔鏡的碎片從小凱伊的身上拿掉，那麼我們也沒有什麼辦法可以幫助她了。……』」

是故事裡千變萬化的女性們，歷經各種情感與記憶的折磨、損耗的女孩與女人們，一點一滴編織交錯地成就了這本相當出色的童話。

— CONTENTS —

1

魔鏡的碎片

　　這個故事的開頭，是關於一個黑心魔法師的故事。在所有魔法師裡，就屬他最壞，簡直就是一個壞透了的魔法師！他的模樣和所作所為都讓人厭惡！比如說，他曾經製造出一面特殊的鏡子，自己感到十分得意！只不過，這面鏡子的特別之處在於──不管是任何奇妙、美好的東西，只要被這鏡子一照，就會立刻縮成一團，最後化成灰燼。反而是那些醜陋、無用的東西，會立刻被放大、強化，比原本的樣子醜上十倍。

　　因為這樣，最美麗的風景只要被這鏡子一照，看起來就像一堆煮爛了的菠菜；而即使是最漂亮的人，被鏡子一照，也會顯得奇形怪樣：頭下腳上，樣子整個扭曲，醜得連朋友們也不敢瞧上一眼。最令人生氣的是，如果有誰的臉上只是長了點雀斑，只要一照那鏡子，雀斑便會長到他的嘴巴和鼻子上，直到布滿整張臉。

　　這位魔法師說：鏡子最妙的地方是，就算是一個心地善良虔誠的人，給鏡子一照，也會生出為非作歹的念頭。這時，發明這面令

他自以為無比奇妙的鏡子的魔法師，忍不住冷笑了幾聲。對於那些經常光臨魔法學校學習的人，魔法師不斷在那裡自吹自擂地宣傳這面魔鏡的名聲；他宣稱世界和人類此刻透過這面魔鏡所顯現的模樣，才是真正的原貌。於是，他們便以為能夠看到世界和人類的真實樣貌，所以便帶著這面鏡子從一個地方走到另一個地方，直到世界上再沒有一個國家的人不被魔鏡所扭曲。

接著，魔鏡的崇拜者竟然膽敢把它帶到天界去，狂妄地想在那兒嘲笑天使們和上帝。只是，就在他們帶著它越飛越高的時候，魔鏡卻不斷發出詭異的笑聲，劇烈地抖動，簡直讓他們抓不住。最後，魔鏡實在晃動得太厲害，結果從他們的手中脫落了。魔鏡就這樣墜落到凡塵裡，跌在地上，粉碎成數百萬、千萬片。終於，災難降臨了。

它造成了比先前更大的不幸，它的所有碎片幾乎不比一顆沙子還要大，卻造成可怕的結果。因為每個小碎片都保留了整面鏡子的特性。所以，當它們飛散到空中以後，有的碎屑飄進了人們的眼睛裡，導致他們用醜化的眼光去看待所有的事物，所看見的全是歪曲和腐敗的。有些人是如此不幸，小碎片落進了他們的心，讓他們變得又冷酷又堅硬，就像一團冰塊。

有些碎片被製成玻璃。人們透過用這種玻璃做成擋風的窗戶去看自己的朋友，不但無法把人和東西看清楚，反而讓人困惑和害怕。另外更有一些碎片被製成眼鏡，讓配戴這些眼鏡的人們生出許多事端！就這樣，美好的世界逐漸變得雜亂無章，醜陋了起來！

邪惡的魔法師為這些壞事而感到非常自豪，他哈哈大笑了起來，連雙頰都生疼了。直到現在，仍然有一些魔鏡的碎屑在空中飄舞著。

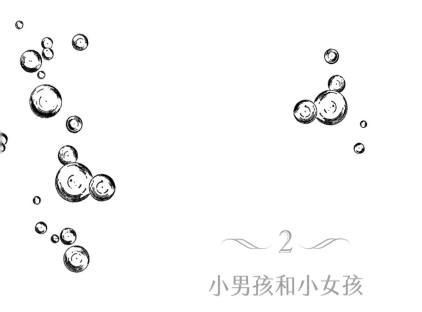

2

小男孩和小女孩

　　就在世界的某個角落，有一個居民眾多的城市。城中有許多的房子和居民，因為住得擁擠，所以，沒有足夠的空間讓所有人都能擁有自己的小花園。許多愛花的人，只好把自己喜愛的花草種在花盆裡。有兩個窮人家的孩子住在那兒，他們比較幸運，至少擁有了比花盆大一點的小花圃。雖然他們不是血緣上的兄妹，卻相親相愛勝過手足，就好像天生如此。他們兩家人住得很近，各自住在兩個正對著的閣樓裡，彼此相望。

　　鄰居們一戶房子的屋頂幾乎與另一戶交疊，排水的溝槽穿越其間架設。每個屋頂都有一個小窗口，就這樣，小朋友們就可以從一個窗口，沿著溝槽跨到另一個窗口去。巧的是，這兩個孩子的父母都有一個大木箱，裡面種了一些可食用的蔬菜，而木箱就放在窗外。美麗的小玫瑰花各自從兩個箱子裡長了出來，猩紅色的花精靈把它們長長的枝條攀附在窗戶上，漸漸地，玫瑰花的枝條彼此交纏在一塊，圍成了一道橫跨兩端的華麗拱門，別是一番景致。箱子被父母

放得高高的，只要有機會，孩子們就會跑來坐在玫瑰花下的小凳子上。就這樣，他們度過了許多難忘的甜美時光。

只不過，當冬天到來時，這些歡趣就會結束。兩家窗子上結了厚厚的冰，朦朦朧朧的什麼也看不清楚。這時候，他們就會拿來一個半便士的銅板，放到爐子上烤一烤，再把這枚熱銅板貼在結凍的窗玻璃上，形成一個圓形的小孔。於是，在那兩扇窗戶的兩個圓孔後面，便各自閃耀著一隻明亮又溫柔的眼睛。

小男孩叫凱伊，小女孩的名字叫葛爾姐。當炎熱的夏天來到，他們只需爬出窗戶，邁開小腳跳到對方的窗戶裡去。但是，當嚴寒的冬天來到，兩個人就只能從樓梯爬上爬下，跑到那寒風咆哮、白雪皚皚的雪地裡，一起開心地玩耍。

「看見了沒？那一團團簇擁在一起的小白點就像是白色的蜜蜂呢！」老奶奶慈祥地說。

「那麼，它們中間也會有女王嗎？」小男孩問，因為他知道真正的蜜蜂群裡總有一個。

「有呀，」老祖母說，「女王總是飛在雪花群的中央；她是他們當中個頭最大的，又特別不安分，永遠不會靜靜地停在地上，而總是在密集的雪花群裡飛來飛去。有時在寒冷的冬天夜裡，她還會飛過城裡的街道，朝窗戶上張望、吐著嚴寒的氣息，然後它們就會被覆蓋上神祕而美麗的冰晶，那形狀像樹又像花。」

「是了，我見過他們！」兩個孩子說——他們知道真的是那樣。

「冰雪的女王能進到我們這兒來嗎？」小女孩問。

「如果她願意的話，」小男孩說，「我就邀請她來作客。那咱

ELIZABETH ELLENDER.   KATHARINE BEVERLEY

們就請她坐在溫暖的爐子上；只不過那樣，她就會跟著融化了。」

老奶奶慈祥地看著小凱伊，伸出手來撫摸著他的頭髮，然後開始說起一些故事。

那天夜裡，小凱伊回到家正要上床睡覺，就在把衣服脫了一半後，他踩到板凳上、靠在窗邊，想從剛弄出來的小圓孔向外窺探。這時，漫天的雪花紛紛飄落在大地上；紛繁的雪花中最大的一片，恰巧落在種花的木箱子上。雪堆得越來越高，時間越來越長，最後便堆成了一位少女的樣子。

這個少女身披一件華麗的白色輕紗，那白紗閃閃發亮，就像是由天上的千顆萬顆繁星點綴、織就而成的。小凱伊定睛一看，那少女剎那間變得更加甜美，從她身上散發出五彩絢爛的光芒；令人感覺她就像擁有了活潑的生命一般。她那一雙又大又明亮的眼睛，就像是兩顆閃亮的星星閃爍發光，只不過，從這雙眼裡卻看不出安詳和寧靜。這時，她似乎對著窗裡的人點了點頭，招了招手。這可讓小男孩吃了一驚，立刻從凳子上跳下，藏了起來，他幻想自己只不過是看見了一隻大鳥飛過窗戶而已。

四處的冰雪漸漸融化，一層層亮晶晶的寒霜都解凍了，因為春天的腳步已經來臨。一輪圓圓的紅日，爬上山邊放射出和煦的陽光，充滿朝氣的綠樹冒出了許多嫩芽。鳥兒們又開始構築牠們的新巢，人們敞開了窗子，迎接美好的春天。這對小兄妹又跑到了樓頂上的花園裡玩耍，一同徜徉在春天的美景裡。

到了夏日的時節，暑氣難消，但玫瑰花們爭奇鬥艷，五顏六色，

開滿了小小的花園。小女孩學會了一首聖詩，是關於玫瑰的，這讓她想到自己家裡種的玫瑰花。小男孩也學小女孩唱出了這首聖詩，兩個人都非常開心。小女孩這樣唱著：

> 我們的玫瑰綻放又凋零，
>
> 我們的聖嬰卻永遠都在；
>
> 願我們蒙福親見祂的面，
>
> 就像是永遠的小孩。

這時，小兄妹們手牽著手，親吻了玫瑰花，又朝著藍天歡唱，不斷地談著笑著。這些多麼光輝的夏日時光呀！如此美好、如此歡樂。當兩人又並肩坐在玫瑰花下，就彷彿這鮮豔的花樹永遠不會凋謝，他們也永遠不會分開似的。

有一天，凱伊和葛爾妲坐在一起，看著關於小鳥和動物的圖畫書，這時老教堂的大鐘，噠噠地敲響了五下，已經五點了。忽然，凱伊大叫了一聲：「哎喲！老天，我的心臟怎麼痛了起來！眼睛也睜不開了，什麼都看不清，好像有什麼東西掉進我的眼睛裡了！」

小女孩急忙用一隻手摟住他的脖子，另一隻手扒開他的眼睛吹了吹，關切地望著他說：「我沒看見什麼東西，什麼也沒有呀！」「咦，現在我感覺眼睛又不疼了。」小男孩喘了口氣說。

可是，所有的事全都是那個邪惡的魔法師搞的鬼；掉在小男孩眼睛裡的東西其實還在裡面，那就是鏡子的碎屑。的確，這面魔鏡害人不淺，它的本性惡劣，讓世界上所有美妙、偉大的東西全部變得枯瘦、可厭，將友善變得邪惡，將原來就是醜陋、敗壞的東西變得更糟糕。因為它會暴露每件事物的缺點，讓它們的醜惡更明顯。

The Snow Queen
冰雪女王

可憐的小凱伊，有一塊小小的碎片也滲進了他的心，藏在他心底的深處。雖然他並不感到痛楚，但是魔鏡碎片其實已經讓他的內心變得像堅冰一樣冷酷，他所有的感覺也漸漸變得麻木了。

「你為什麼要哭呀？」凱伊問。「為什麼妳哭的樣子變得這麼難看呀？呃！」他又突然喊叫說，「你看，那朵玫瑰上面有隻蟲子！快看，這邊的幾朵也已經枯萎了！其實，這些玫瑰長得醜醜的，還有那口裝著它的大木箱，也是難看得很哪！」無端惱怒的他，在大木箱上踢了一腳，然後又扯掉了幾朵花。

「喔！凱伊，快住手，你做了什麼好事？！」葛爾姐大叫起來。

變得讓人簡直不認識的小凱伊，看見自己嚇壞了小女孩，便又捏碎了一朵玫瑰花，然後跳回了自家的窗裡，不理會還在屋外的小葛爾姐。

葛爾姐只好拿著圖畫書跟了進來。可是凱伊卻說：「你可真幼稚！連這種給寶寶看的圖畫書妳也拿進來看。」當老奶奶給他們講故事的時候，一旦老奶奶開始講話，他便總是不斷地插嘴。當逮到機會時，他就在老奶奶背後，戴上一副老花眼鏡，模仿她的樣子，作出令人發笑的動作。沒多久，大街上每個人的一舉一動，都被他模仿得唯妙唯肖。無論是古怪的，還是笨拙的，凱伊總能模仿得出來。所以，街坊鄰居都想，「這個孩子可真是機伶。」可是，誰料想得到這些全都是因為他眼裡和心裡的玻璃碎片在作怪呢。他不管不顧那些因為他的捉弄而難過的人心裡的感覺，甚至也嘲笑了最最喜歡他的小葛爾姐。

從此以後，他的膽子大了起來，玩的花樣也越來越多。和以往不同的是，他的那些遊戲都是經過精心設計的。在一個寒冷的冬天

裡，漫天的白雪四處紛飛，這時凱伊從家裡拿出一只大尺寸的放大鏡，又抓著藍色大衣的一角，讓雪花任意地飄落在它的上面。

「葛爾姐，過來過來，看看這個放大鏡！」他走回屋裡說著。每片雪花都被放得更大了，就像是一朵朵燦爛的金花，或像是十角狀的星星，迷人極了。「看，這樣子看起來多麼奇妙呀！」凱伊說，「這些放大的雪花，比起那些真正的花看上去要有趣多了。它們可沒有什麼瑕疵呢，要是能夠不化掉的話，那可就是真正的完美了！」

這時凱伊又從屋裡拿了副手套戴在手上，還在他背上掛了一架雪橇。「我現在可要去廣場那邊，找其他的朋友玩了！」他衝葛爾姐喊著，就匆匆跑了出去。

廣場上的小孩們個個頑皮無比。他們經常把自己的雪橇拴在過路的馬車上，這樣一路搭著馬車滑行好長一段路。這種膽大的行徑，把他們樂得別提有多開心了。

這時，一架漆成白色的大雪橇突然從遠處滑了過來，坐在上面的人裹著雪白色的皮襖，頭上戴著一頂棉帽。就在那雪橇來勢洶洶地在廣場繞第二圈的時候，凱伊趁機將自己的小雪橇栓在那架大雪橇上，順勢一帶，他便被拉得好遠。當他們的速度越來越快，逐漸滑到了另一條小街的中央。乘著大雪橇的那個人轉頭看看後面的凱伊，友好地向他點點頭，雖然他們彼此不認識，但兩個人卻像是很熟悉似的。正當凱伊一次又一次地想把自己的雪橇解開時，那個人都會轉頭對他笑一笑，就像是堅持要凱伊好好地待著。所以，就這樣，兩架雪橇便一起向城門外滑去了。

天空中開始飄起了漫天的大雪。凱伊仍然在大雪橇的拉動下快

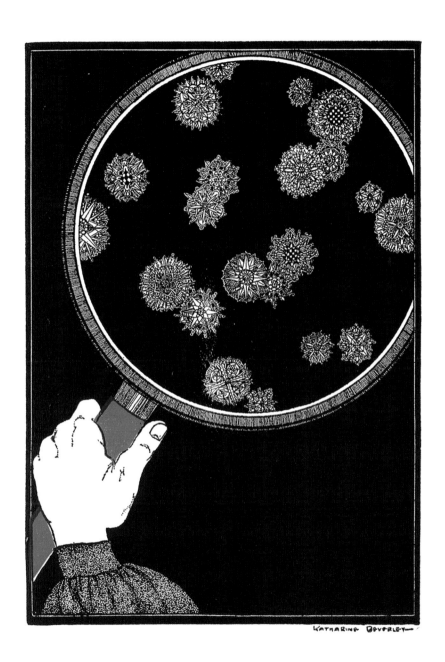

速地滑行，前方已經是一片迷茫，伸手不見五指。現在的他開始感覺到不安，急著想要解開繩索，但卻無濟於事，因為繩子綁得太緊了。這一下可把凱伊急壞了，他高聲喊叫，但是沒有人聽見。大雪依然下著，而雪橇也依然向前滑行著，又快、又顛簸，時而騰躍了幾下，就像是在朦朧中越過了籬笆和溝渠，又穿行在一片廣闊無邊的草原上。這讓靠在雪橇後頭的凱伊更害怕了，只能不住地向上帝祈禱，腦中變得一片空白，只記得乘法表了。

一片片鵝毛般的雪花鋪天蓋地，不斷堆積在地面上，變得就像大白鵝似的。忽然之間，凱伊差點摔了出去，因為大雪橇停了下來。坐在大雪橇裡的那個人走了下來。只見那個人身穿的衣帽全都是用雪花做成的，就在那人走近時，凱伊仔細一看，原來是一位面容姣好、體態曼妙，且全身散發著白光的女子。這便是冰雪女王了。

「我們溜得可真快呀！」她笑著說，「只不過沒人喜歡這種凍僵人的天氣，快罩上我的熊皮大衣吧。」於是，她把他拉到自己的身邊坐下，給他披上了大衣。凱伊頓時感覺自己沉入了雪堆之中。

「你現在還覺得冷嗎？」她問道，並在他的額頭上印了一吻。喔，這一吻竟然比冰雪更令人寒冷。一股寒氣直逼他的心窩，讓原本就已經凍極了的他，簡直快要喘不過氣來。不過，一會兒之後，他終於感覺到一絲絲的暖意，而不再有那種令人窒息的冰寒了。

凱伊想起了自己的雪橇，便喊著說，「我的雪橇！別忘了我的雪橇！」這是他所想到的第一件事。他的小雪橇正被一隻大白鵝背著，牠正馱著那雪橇飛快地跟在他們後面奔跑著。冰雪女王又給了凱伊一吻，凱伊的腦子頓時感到天旋地轉，幾乎失去了記憶，就連

小男孩和小女孩

小葛爾姐、老奶奶以及家裡所有的人全都忘記了。

「我不會再吻你了！」她說，「我的吻帶有寒氣，如果再吻的話，可能會把你給凍死了。」

凱伊怔怔地望著冰雪女王，她的樣貌可真是艷麗無比。他從未想像過，竟有人能擁有這麼漂亮和聰穎的臉龐。她和那個曾經在夜裡，站在窗外向他招手的那個冷冰冰的雪人可不一樣。從他的眼裡看來，她整個人是那麼地完美。因此這時候，凱伊一點也不害怕了。他不斷興奮地點頭表示自己感到愉快，而且也開始誇耀自己知道的許多東西，就像是：每個國家的面積有多大、每個小鎮裡面住了多少人。冰雪女王不時地發出微笑，表示讚許。只不過，這些東西對女王來說顯得微不足道。小男孩漸漸明白自己對這世界上的事知道得還很少，他抬起頭遙望著一望無際的曠野。忽然，小男孩乘坐著女王的雪橇一躍上升到了空中，駛進了風暴中心的黑雲裡；這時，四周的冰雪不停地在他耳邊狂吼著，就像是正在唱著古老的歌謠。

在冰雪女王的牽引下，他們穿過了茂密的森林和巨人的湖泊，跨過了被厚厚的白雪覆蓋著的高山，也越過了浩瀚無比的大海。就在雪橇的下方，大地閃耀著寒冷的白光，有冷風呼嘯、狼群長嚎；烏鴉們成群飛過了平原。此刻已經是入夜時分了，大地一片漆黑，而在他們頭上正有一彎新月掛在空中，散發出黯淡的亮光。就這樣，凱伊度過了漫長又漫長的冬夜，他就在冰雪女王的腳邊，安安靜靜地沉睡下去。

3

被施咒的花園

　　當小凱伊不知道跑到哪裡去，始終不見人影，一直呆在雪地中的小女孩——小葛爾妲心情又是如何呢？小凱伊能到哪裡去了呢？孩子們誰也不知道他的去向。只不過也有幾個孩子看見，當時凱伊是被一架大雪橇給帶走了，而且往城外的方向滑行而去，但後來就不知道他到底去哪裡了。這件事令許多人傷心，流下了不少眼淚；尤其是葛爾妲，她感到非常難過，因為男孩們都說凱伊一定已經死了。又說他八成是被大雪橇帶到了城門外之後，不小心掉進河裡淹死，然後身體漂到了離城外不遠的地方。這可真是一個漫長又灰暗的冬季呀！但是，日子畢竟一天天地過去了，大地終究迎來了春天，陽光和煦地放送出溫暖。

　　「哎呀！凱伊死掉了，我永遠也見不到他了！」小葛爾妲說。
　　「他真的死了嗎？我可不相信。」陽光說。
　　「他是真的死掉了，再也見不到他了！」她對燕子說。

「那不可能，我們可不相信。」牠們回答說。到了後來，葛爾妲自己也不相信凱伊死了。她想凱伊可能還活在人間。

「我要穿上我的那雙紅鞋，」這一天早上，她這樣對自己說，「那雙鞋是凱伊不曾見過的，然後我要到河邊去找他。」

就在這天的一大清早，她獨自一人走出家門。天色才剛亮，她親了親還在熟睡的老奶奶；葛爾妲穿好了她的小紅鞋，踏上了尋找凱伊的路途。

她走呀走著，穿過城門、終於來到了河邊。她對著河水喊道：「是真的嗎？您把我的最親愛的小玩伴帶走了嗎？請您把我的凱伊還給我！如果您肯答應的話，我願意把腳上的這雙新紅鞋送給您作為交換，拜託拜託您！」

這時，河水依舊向著她緩緩流動，只是在她看來，卻依稀感覺到水波有些異樣，就像是在對她表示同意了。小葛爾妲非常高興地脫下自己的那雙紅鞋，拋進了河裡，這是她所能回報給河水的最好的禮物。只不過，她把它們丟得太靠近岸邊了，所以一道波浪就把小紅鞋沖了回來，回到小女孩的腳邊，就好像是河水不願收下她這份貴重的禮物，因為它們不願把小凱伊還給她。葛爾妲心想，可能是因為小紅鞋拋得不夠遠，於是她踏上一條停靠在蘆葦岸邊的小船，而且走到了離岸邊最遠的那一頭，再次把小紅鞋子拋進了河裡。只是，這條船並沒有被繩子繫住；所以她的動作產生了推力，使小船緩緩地駛離岸邊，帶著小女孩往河的中央漂了過去。這個狀況可把小女孩給嚇壞了。她急忙想下船，可是當她跑到離岸最近的那一頭，小船和河岸的距離已經太遠了。就這樣，小船搖搖晃晃地漂到

了河流的深處。

　　葛爾妲嚇壞了，她急得哭了出來。雖然她大聲呼叫，可是四周除了幾隻小麻雀，沒有人聽見她的哭聲，而牠們也無法帶她回到岸上。然而，友善的小麻雀們跟在小船的後面，一邊飛、一邊唱著歌，就好像是想安慰她，「我們在這裡陪妳，我們在這裡陪妳呢！」小船悠悠晃晃地順著河水漂著。在麻雀的陪伴下，葛爾妲的心情逐漸平靜下來，她只好乖乖地待在船上；而她的那雙小紅鞋也跟在船的後面，只是，小船越漂越快，小紅鞋就逐漸跟不上了。

　　晴朗的天空萬里無雲，河岸兩旁有可愛秀麗的花草樹木，遠方則有綿羊和乳牛點綴著的鮮綠色山丘。這時，有牛群和羊群正低頭在綠地上吃草，可是卻連一個人也沒看到。

　　「也許這條小河能帶著我到我親愛的凱伊那裡去。」葛爾妲僥倖地期望著。看著兩岸美麗的景色，漸漸地葛爾妲感到有些欣喜。又過了一會兒，小船帶著她漂進了一大片櫻桃園。在園子的中央有一棟小房子，它有茅草的屋頂和藍色的、紅色的窗戶；門口還站著兩個木頭雕刻成的士兵，就像是隨時準備向過路的船隻致敬。

　　小女孩向它們大聲呼喊，以為那兩個士兵是活人可以幫助她，沒料到它們是木頭做的。當小船被沖近岸邊之後，小女孩帶著好奇的心理繼續朝著那兩個木頭士兵呼喊，只是兩個木頭士兵依舊對她不理不睬的。葛爾妲生氣了，所以叫得更大聲。這時，有一位長得奇怪的老太太從房子裡走了出來。她拄著一根拐杖，頭上戴著一頂黑色的大帽子，帽子上還點綴著幾朵鮮花。

KATHARINE BEVERLEY—

「好孩子，妳怎麼到我這裡來啦？那條大河肯定帶妳走了老遠的路吧？」老太太說。老太太走到岸邊，先是用那根帶鉤的拐杖將小船拉到岸邊，又伸手把小葛爾姐從船上抱了下來。儘管葛爾姐心裡對於能夠回到陸地感到開心，但是，這位老太太怪異的面貌還是令她感到一絲害怕。

「快過來吧，妳是誰家的孩子呀？怎麼會跑到我這裡來了呀？」老太太問。

小女孩於是一五一十地把整件事告訴了老太太。老太太搖了搖頭，一臉同情地說：「原來是這麼回事呀。」為了快一點找到哥哥凱伊，小女孩問了老太太是否有見到過小凱伊。可是，令人掃興的是，凱伊沒有來過這裡，這讓葛爾姐有些失望。老太太安慰小女孩說：「妳先別擔心，妳哥哥會來到這裡的。現在妳可以先待在這裡，順便嚐嚐我種的櫻桃，味道可口極了。這裡還有各式各樣的鮮花，比起那些畫冊上的花朵更加美麗無瑕，而且每一株花的背後可都各自有著動聽的故事呢。」於是，老太太把小葛爾姐領進了房子。

房子裡有許多高高的窗戶，窗框裡裝上了紅的、藍的、黃的，五顏六色的玻璃。陽光透過這些彩色玻璃照射進屋子裡，散發出耀眼的光澤和各種絢麗的色彩。在室內大桌的中央，放著一大盤櫻桃，鮮紅又大顆，老太太讓又飢又渴的小葛爾姐吃了好多。接著，又拿出一把金梳子走到小葛爾姐身後，為她梳理散亂的頭髮。不一會兒，小葛爾姐的頭髮被梳得既柔順、又明亮，散發出金色的光澤；而她的那張小臉蛋，又圓又紅潤，就像玫瑰一樣甜美。

ELIZABETH ELLENDER.

KATHARINE BEVERLEY.

「我可真幸運，今天讓我遇見了妳，我從很久以前就想要一個像妳這樣可愛的小女孩了。」老太太說，「我們應該生活在一起，一定會很幸福快樂的。」

正在為葛爾妲梳著頭髮的老太太，施了魔法讓她頃刻間忘記了哥哥小凱伊的事。原來，這位老太太其實是一個女巫，只是她通常是為了開心，而不是為了惡作劇而施展她的魔法。現在，她非常希望能長久留住小葛爾妲和她一起生活。為了不讓小葛爾妲看見她的玫瑰，以免回想起自己家的玫瑰花和小凱伊的記憶，因而離開這裡。老太太於是走進花園裡，伸出她的拐杖對玫瑰花叢施了魔法，讓盛開著花朵的玫瑰立刻沉到黑土裡，讓誰也看不出這裡曾經綻放著美麗的玫瑰。

然後，女巫把小葛爾妲領到了花園裡，和她一起賞花。花園裡充滿了各種季節和氣候的花卉。哦，多麼美麗、多麼芬芳，這裡的景象是如此的迷人，處處都盛開著難得一見的奇花異草，世上肯定沒有一本圖畫書能描繪這花園裡，如此令人賞心悅目的景象。失去記憶的葛爾妲每天都在花草的世界裡玩得非常開心，直到太陽落到了高大的櫻桃樹後面。當夜晚來臨時，葛爾妲覺得累了，便走進屋子，有一張漂亮的小床和一張緋紅色絲綢被子為她預備著，裡面裝滿了藍色紫羅蘭的葉子。疲憊的小葛爾妲總是一躺到床上，轉眼間便甜滋滋地睡去。她覺得自己就像個公主一樣，做著許多瑰麗的夢。

ELIZABETH ELLENDER.   KATHARINE BEVERLEY

The Snow Queen
冰雪女王

隔天清晨，日光明媚，芳香撲鼻。她又來到花園中玩耍，日復一日，葛爾妲認識了花園裡的每一朵花，她對它們瞭解得非常透徹。儘管如此，在葛爾妲的心裡，總覺得缺少了一種她一直想要再見到的花；只不過她卻說不出是哪一種。於是，她呆坐在那裡東想西想的。直到某一天，她瞥見到女巫的大帽子上畫了許多花，有一株玫瑰是當中最出色、最漂亮的。誰也沒有料到女巫讓真正的玫瑰從花園裡消失沉入地下，卻百密一疏，偏偏忘了隱藏自己帽子上的玫瑰。只是，這似乎是經常發生的疏忽。

　　「怎麼回事？我怎麼在花園裡看不到一朵玫瑰呢？」葛爾妲喊著。於是，她立刻跑回花園裡，急切地尋找玫瑰花；但令她失望的是，那裡一朵玫瑰也沒有。無奈的葛爾妲只能沮喪地坐下，哭了起來。巧合的是，她的眼淚竟然落到了先前玫瑰花叢所在的地方，當溫暖的淚水瞬間濕潤了土地，剎那間，許許多多的玫瑰從土裡冒了出來，一朵朵爭先恐後地綻開，就如同沉入土裡之前那樣。這可把葛爾妲高興壞了，她展開手臂圍著玫瑰花又親吻了它們。這時，使葛爾妲想起了自家花園裡的玫瑰花，又想起了自己最親愛的小玩伴凱伊。

　　「哎唷，我怎麼能留在這裡這麼久！這可太糟了！」小女孩喊了出來。「我離開家是要去找凱伊的，請問你們有誰知道親愛的凱伊到哪裡去了嗎？」她向那些玫瑰花問道，「難道他是真的死掉了嗎？我是不是再也見不到他了，求求你們跟我說！」

　　「妳別哭，妳的小凱伊還沒有死。」玫瑰花對她說，「我們曾經沉到地底下過，死人全都到那裡去了；但是，妳親愛的小哥哥卻

ELIZABETH ELLENDER   KATHARINE BEVERLEY

The Snow Queen

冰雪女王

沒有在那裡。所以，他可沒有死呢。」

「謝謝你，」葛爾妲說，然後，她又走近其他的花，對著那些
彎低了花苞的花，問它們知不知道凱伊的下落：「求求你們告訴我，
凱伊在哪裡？」

儘管站立在陽光下的花朵個個爭奇鬥艷、千姿百態，它們各自
夢想著和講述著自己的小故事。它們把自己的故事對葛爾妲說，只
是沒有誰知道她哥哥的下落。

有一朵捲著橙黃色花瓣的虎皮百合花，對她說了個稀奇的故事：

「妳是怎麼想的？妳聽過鼓被敲得咚咚響的聲音嗎？它們通常
會發出令人震動的咚咚兩個音。聽那女人的輓歌，再聽那祭司們的
呼聲。那位印度的寡婦穿著紅色長袍，站在給死人火葬的柴堆旁，
猛烈的火焰向著她和她亡夫的身體燎上來。但那位寡婦忐忑不安的
心，卻是因為站在火堆旁的另一個人。他深深地吸引著她，眼裡散
發出的火光，竟比那堆真實的火焰還要炙熱。只見寡婦的心已經被
完全點燃，就連一旁那快要將她化成灰燼的火焰，也及不上她心中
的那團火，簡直就快把她融化了！那不滅的心火越燒越旺，寡婦感
覺到自己已經無法堅持下去，就要與火焰一同燒盡。」

「你所說的故事，我根本不明白。」葛爾妲說。「雖然妳不明
白，但這就是我的故事。」虎皮百合花說。

KATHARINE BEVERLEY

接下來葛爾妲問杜鵑花，它是這樣說的：

「在那一段又陡又窄的山路旁，矗立著一座古
老的城堡。在那古老的紅牆上長滿了濃密的長春
藤，葉子一片接著一片地向陽台上爬。陽台邊
站著一個美麗的女孩，她從欄杆上彎下腰
來，看著那條山路，不知正期待著什麼。
枝頭上的玫瑰花沒有一朵比得上她
的嬌豔，連在風中招展的蘋果花
也都比不上她的輕盈。她美
麗的絲綢裙子被風吹得沙
沙作響，彷彿在說『他怎
麼還不過來呢？』」

「她是在等我的小凱伊
哥哥嗎？」葛爾妲問。「哦，這
只是在講我夢中的故事而
已。」杜鵑花笑著說。

雪花蓮也仰著臉蛋講起了它的故事：

「從大樹上垂下了兩根繩子，繩子上懸掛著一塊木板，這是一座小孩子們玩的鞦韆。鞦韆上面正坐著兩個小女孩，身上穿著雪白的衣服，頭上戴著飄著綠緞帶的小圓帽。她們的哥哥則是站在鞦韆上，伸出手臂挽著繩子讓自己站穩，一隻手裡握著小杯子，另一隻手則拿著一根泥菸嘴；他在吹肥皂泡。鞦韆盪起來的時候，五光十色的泡泡也朝天空飄了去。最後一個泡泡還凝在菸嘴管上，隨風搖曳。鞦韆不停地盪來盪去，把一隻小黑狗吸引了過來。牠輕盈得像顆泡泡一樣，用牠的後腿站立了起來，也想要跳到鞦韆上去；但搖盪的鞦韆讓牠跳了上去，又立刻滾了下來。牠汪汪叫著，生了氣的樣子，把大家給逗樂了，這時泡泡紛紛破掉了。一塊搖盪的鞦韆板和一個個破掉的泡泡，就是我想說的故事。」

「你的這個故事可能是很動聽的，」葛爾姐說，「但是你說得有些悲傷，而且故事裡也沒有提到我的小凱伊的事。」

風信子又說了些什麼呢？

「有三姐妹，個個長得美麗、白淨又嬌嫩。第一個穿著紅衣服，第二個穿著藍衣服，第三個穿著白衣服。在皎潔的月光下，她們手牽著手在寂靜的湖邊跳著舞。她們並不是精靈，而只是人類的女兒。甜蜜的芳香吸引了這三姐妹，於是她們便進入森林裡消失了；香氣在空氣中越來越濃郁。這時有三具棺材，從樹林的深處漂到湖上來，裡面躺著那三個美麗的女孩。螢火蟲輕盈地在她們上方飛舞著，就

ELIZABETH ELLENDER.   KATHARINE BEVERLEY

像是漂浮著的小燈。那三位跳舞的女孩是睡著了，還是死去了呢？花的香氣說她們已經死了，晚鐘為她們敲響了輓歌。」

「你說的故事可真讓我傷心。」葛爾妲說，「你們身上濃郁的香氣，讓我不由自主地想起那三位女孩了。哎呀，小凱伊是真的死了嗎？玫瑰花曾經到過地底下，它們說從來沒有見到過他呀。」

「叮叮～噹噹～」風信子的鈴響了幾聲，「別急，我們的鈴聲不是為了小凱伊而響的。我們只是在唱自己的歌，我們唯一會唱的歌。」

葛爾妲走到在鮮嫩綠葉中閃閃發亮的金鳳花面前。「你就像一輪光亮的小太陽，」葛爾妲說，「假如你知道的話，請告訴我，我到什麼地方可以找到我的小玩伴凱伊呢？」

這時的金鳳花正散發著光芒，它望著葛爾妲：它會為小女孩唱出什麼歌呢？這歌卻不是與凱伊有關的。

「在一個春光明媚的早晨。明亮的陽光暖洋洋地照著一個小小的院落。它那耀眼的光芒停留在鄰家的白牆上；而牆邊正綻開著春天的第一朵黃花，它像暖陽中的金子一般閃閃發亮。有一個老奶奶坐在屋子門口的一把扶手椅上，她的孫女，一個漂亮又貧窮的女孩，正好從外地回到家裡，她親吻了老奶奶。在這個幸福的親吻中藏有金子，心裡的金子。在這個美麗的早晨，每一個時刻都充滿了金子。這個呀，就是我要說的故事。」金鳳花說。

「我可憐的老奶奶呀！」葛爾妲嘆了一口氣，「她現在一定正在等著我回家去呢，她想念著我，就像想念凱伊那樣；不過我很快就會回家，也會把凱伊一起帶回去。問這些花兒關於凱伊的事，根本沒有用處，它們只會唱自己的歌，一點消息也無法告訴我！」

　　為了可以跑得更快一點，葛爾妲把她的小罩衫紮起來。但是就在她跳過水仙花的時候，水仙花絆住了她的腳，就像是要阻止她一樣。她只好停下來，轉身對著這幾株身姿苗條的黃花問問：「也許你們有什麼消息可以告訴我，對嗎？」於是，她彎下身來靠近那朵花傾聽。

ELIZABETH ELLENDER

KATHARINE BEVERLEY

The Snow Queen
冰雪女王

被施咒的花園

水仙花也開始說起了它的故事。

「我可以看見自己，真的，我可以看見我自己的身影！」水仙花說，「哦，我身上所散發的香氣，是多麼迷人呀。在小閣樓裡站著一個小舞者，她有時用一條腿休息，有時用兩條腿。她把整個世界踩在腳底下，就像她只是一個幻影。她把茶壺的水倒在手上拿著的一塊布上，那是她的貼身胸衣。愛乾淨是件好事！她又把另一件白色的裙子掛在一個鉤子上，那也是拿茶壺裡的水沖洗，在房子的屋頂上晾乾了的。她穿上這件裙子，又在脖子上圍了一條橘黃色的圍巾，把這件白裙襯得更白了。她伸展著一條腿，站了起來，好像立在一根花莖上的鮮花。我可以看見自己！我看見自己了！」

「我可不在乎這些，你不必告訴我。」小葛爾姐說，「這不關我的事！」然後便往花園的盡頭跑去，但是花園的門被鎖上了。

不過，當她用力拉扯那道生鏽的門閂時，門居然被拉開了，於是葛爾姐光著腳跑了出去。她一邊跑，還不時地向後張望，生怕有人跟著，但不見有什麼人追上來。後來她跑不動了，便在一塊大石頭上坐著休息。當她環顧四周時，發現這時夏天已經過去，來到了深秋時節。然而，當她在魔法花園的時候，對於這一切竟渾然不覺，因為那裡每天都是陽光普照，花葉盛開。

ELIZABETH ELLENDER

KATHARINE BEVERLEY

「喔，我已經耽誤了多麼長的時間呀！」

「如果現在已經是秋天了，那我可不能再耗下去了！」於是葛爾妲站起身來繼續往前走。只是，她那雙小小的腿是多麼痠痛又疲憊呀。眼見前方的景象又是那麼的寒冷、那麼荒涼。長長的柳樹葉已經轉黃了，露水在葉子上凝結成水珠滴落了下來。樹葉紛紛從各種樹上一片片地飄落；只有山楂還結著果實，但是它的果實簡直能讓人把牙齒給酸得掉下來。

哦！這個蒼茫遼闊的世界，是多麼冷酷、灰暗又悲涼呀！

～4～

小王子和小公主

　　走了很長一段路之後，葛爾妲實在太累，不得不停下來休息一會兒。在她坐著的地方，她看見對面一棵樹的枯枝上，有一隻大烏鴉站在那裡，牠還不時地向小葛爾妲這邊望著。過了一會兒，烏鴉晃頭晃腦地跳上前來對她說：「嘎！嘎！日安，妳好呀！」烏鴉盡量把問候的話說得清楚，以表示對小葛爾妲的善意。接著，牠又問她為什麼這個時候會出現在這孤寂的大地上，孤零零的一個人，要往哪裡去。

　　葛爾妲對烏鴉的問話特別有感觸，尤其是對「孤零零」這個詞所表達的意思。因此，她就把這段時間以來的生活和遭遇，全都告訴了烏鴉，並且問牠是不是有見過凱伊。

　　烏鴉沉吟了一會兒，若有所思地說：「我想……我可能知道。」小女孩聽見後驚呼了起來，「什麼？你真的知道嗎？」葛爾妲慌張了起來，她激動地抱起烏鴉熱烈地親吻，讓牠幾乎透不過氣來。

The Snow Queen
冰雪女王

「輕一點、輕一點，妳先別急、先別急，」烏鴉說：「我可能知道。我想那個小男孩有可能是凱伊。只不過因為公主的緣故，大概他這會兒已經把妳給忘掉了。」

「他跟一位公主住在一起嗎？」葛爾姐問道。

「是呀，聽我說得更清楚些，」烏鴉說，「可是你們的語言太難了！如果妳能聽懂烏鴉的語言，那就更好了，我可以把整件事說得更完整。」

「那可不行，我不懂你們的語言。」葛爾姐說，「雖然我的祖母聽得懂，也會說這種語言，但我可不會。但願我也曾經學過。」

「這也沒關係，」烏鴉說，「我會盡量用最好的方式說出我的故事。」烏鴉便把牠所知道的故事都說了出來。

「在我們現在所在的這個王國裡，」烏鴉說，「有位絕頂聰明的公主，世界上所有的報紙她都讀過，但又把內容忘個精光，她就是這麼地聰明。不久前她登上了王位，據人們說，坐這個位子並不是那麼舒服。之後，公主常常哼著一支歌曲，歌裡只有一句詞：『我是不是應該結婚了呢？』然後，她說：『是了，我為什麼不按這首歌裡所說的去做呢？』於是，她決定開始物色一位合適的丈夫。

只是，這個丈夫的人選必須要在人們和他說話的時候，擁有合宜的談吐，而不是一個虛有其表的人，因為那樣怪令人討厭的。於是，她把宮裡的侍女們召集到跟前，對她們宣布了自己的決定，她們都為這個選婿的旨意感到高興。其中有人說：『這真是我心中所願呀！』另外，也有人早在為公主考慮結婚的事了。」烏鴉繼續說，「相信我，我所說的每個字都是真的，因為我那個溫順的未婚妻，

ELIZABETH ELLENDER

KATHARINE BEVERLEY

The Snow Queen
冰雪女王

她可以在王宮裡自由出入，這些事全是她對我說的。」當然，烏鴉的情人也是一隻烏鴉，因為「鳥以類聚」，烏鴉還是愛烏鴉的。

「所有的報紙立刻刊登了這個消息，報紙的邊緣還印上雞心和公主名字的頭一個字母，相互交錯作為裝飾。新聞說，每個體面的年輕人，不論出身，都可以自由來到王宮和公主說話；哪一個最無拘束又對答如流，公主就要選他作為丈夫，成為駙馬！沒錯，沒錯。相信我，我說的全都是真的，就像我現在蹲在你面前那麼真。」

烏鴉又說，「接下來，一個個年輕體面的小夥子成群結隊地來到王宮，一大堆人爭先恐後的，混亂得不可開交。不過，在頭一、兩天裡，誰也沒有走運被公主選上。小夥子們在宮殿外，能言善道、談笑風生。但是，當他們真的走進了宮殿大門，見到穿著銀色制服的皇家衛兵和站在臺階上身穿金色禮服的侍從，還有燈火輝煌的大廳，就全都開始驚慌了起來。等到被帶到公主的王座跟前，他們就更加不知所措了；除了不斷重複公主所說的最後一句話以外，什麼也說不出來。妳知道，公主可不會有什麼興趣聽別人不斷重複自己的話的。這就好像他們全都吃了菸草，變得昏昏沉沉的；可是一旦他們回到大街上時，又全都恢復成聰明伶俐的模樣。從城門口到王宮，排成了長長的隊伍，我還親自去看過這些人呢。」

烏鴉接著又說：「他們在隊伍裡又飢又渴的，而且等進到了王宮裡，又都連一杯水也喝不上。除了有幾個最聰明的，會給自己準備一點抹了奶油的麵包，他們自然是一塊也不會分給別人吃；因為他們想著，如果其他人去見公主時，看起來是一副餓鬼的樣子，自

Elizabeth Ellander

己的機會也就多了一點了。嘰嘰……」

「但是凱伊，小凱伊呢？」葛爾姐問，「他是不是也在裡面？」

「別急、別急，正好要說到他了。到了第三天的時候，來了一位少年，他既沒有騎馬或乘著馬車；他開開心心地踏著大步來到了王宮。他的雙眼就像妳說的一樣，散發出異樣的光彩。他有著一頭漂亮的長髮，儘管身上的穿著顯得有點兒寒酸。」

「那肯定是小凱伊了！」葛爾姐喊了出來，「哦，我終於找到他了！」葛爾姐高興地拍起手來。

「那小男孩的背後還揹著一個小行囊。」烏鴉又說。

「不對，那不是小行囊，」葛爾姐說，「一定是他的小雪橇。因為他是帶著他的小雪橇出門的。」

「那也有可能是。因為那東西我沒有仔細瞧。」烏鴉說，「我聽我那溫順的未婚妻說起，當他走進宮殿大門，見到穿著盔甲的守衛和站在臺階上身穿華貴禮服的僕人時，他一點也不感到驚慌。他只是點了點頭，愉快地對他們說：『站在這裡肯定挺單調乏味的吧，』他說：『換成是我的話，更情願到裡面去。』大廳的燭火把夜晚照耀得如同白晝一樣，那些貴族和大臣們端著杯子、小心謹慎地來回走動著；這就足以讓人生出一種莊嚴的感覺了。那少年走起路來靴子發出喀吱喀吱的聲響，但他卻一點也不感到彆扭。」

「那一定是凱伊了，」葛爾姐說，「我知道他穿著一雙新靴子，我聽見過它們在老奶奶的屋子裡，發出喀吱喀吱的聲響。」

「的確，那種響聲很大。」烏鴉說，「只看見他昂著頭直接向宮殿的內廳走去，一直去到公主的跟前。公主就坐在一個像紡車輪

那麼大的珍珠寶座上接見他，而寶座的四周則站滿了宮廷的侍女和她們的侍女，以及這些侍女們的侍女；宮廷的臣僕和他們的僕人，還有僕人們的僕人，他們全都按著次序站著。這些人當中站得離門口越近，反而越是露出一副不可一世的神氣。那些僕人的僕人們，總是穿著一雙拖鞋，讓人幾乎不敢朝著他們看，因為他們站在門口的樣子非常驕傲呢！」

「那一定很嚇人，」葛爾妲說，「那麼小凱伊贏得公主了沒？」

「如果我不是一隻烏鴉的話，」烏鴉說，「我也有可能被公主選上呢，只是我已經訂婚了。他像我在講烏鴉語時一樣口齒伶俐又神采飛揚的，這是我從我那溫順的未婚妻那裡聽來的。他風度翩翩，非常討人喜歡。他說自己並不是來向公主求婚的，而是專程來聆聽她的智慧的。他對她十分滿意，而她也對他十分滿意。」

「是的，那一定是凱伊！」葛爾妲說，「凱伊的腦子可靈光了，他懂得怎麼在心裡算數，甚至會算分數呢。哦，你能夠帶我進王宮去見我的小哥哥嗎？」

「哇，這說起來容易！」烏鴉說，「但是進王宮可不是件簡單的事哪。讓我先和我的未婚妻商量一下，她會建議我們應該怎麼做。只是，我必須告訴妳，通常像妳這樣的小女孩，要進到王宮裡可是很困難的呢。」

「會的，我進得去的。」葛爾妲說，「一旦凱伊知道我來找他了，他一定會立刻出來接我進去的。」「好吧，那麼你就先在這塊大石頭旁邊等我，我很快就會回來的。」烏鴉說完，轉頭飛走了。

ELIZABETH ELLENDER

KATHARINE BEVERLEY

The Snow Queen
冰雪女王

天黑之後，烏鴉終於飛回來了。「嘎，嘎，」牠停到石頭上說，「我的未婚妻向妳問好，這是她從廚房裡為妳拿的小麵包，那裡的麵包多的是，她想妳一定已經餓了吧。她還說，妳想要進入王宮是不可能的，因為妳現在是赤著腳；那些穿著銀色制服的衛兵和金色袍服的侍從是不可能放妳進去的。但是先別著急，我們還是有辦法讓妳進去。我的未婚妻知道一個可以直接通往臥室的後樓梯，她還知道可以從什麼地方弄到鑰匙。」

於是，她和烏鴉走進了花園，來到了一條林蔭大道，那裡樹葉正一片片簌簌地落下。當他們看見了王宮裡的燈火一盞盞地熄滅了以後，烏鴉就把小葛爾姐領到後門那裡，只見那道門並沒有上鎖，而且也已經被打開了。這時，葛爾姐的心臟跳得非常快，心情顯得既興奮又緊張，就好像她正在做一件壞事似的；儘管她只是要知道凱伊是不是在那裡頭。沒錯，一定是他。她生動地回憶起他那雙明亮的眼睛和那一頭烏黑的長髮。她想像當他又看到了自己以後，會對她露出怎樣的微笑，就像先前在家裡坐在玫瑰樹下，他一向對她微笑那樣。他一定很高興能見到她的，尤其是當他得知她走了那麼遙遠的路途前來找他；又得知家裡的人因為他的離去而多麼擔憂和難過。哦，此刻她的內心是多麼地喜悅，又是多麼地辛酸呀！

這時，小葛爾姐和烏鴉一同走上了樓梯，有一盞燈被放在一個儲物櫃上發出了微弱的亮光；而地板上正站著一隻溫順的烏鴉，牠轉頭環顧了四周，然後才望著小葛爾姐。葛爾姐向牠行了一個屈膝禮，就像她的祖母曾經教她的那樣。

「妳好，我的好女孩！我的未婚夫跟我說了妳的許多事，」溫順的烏鴉說，「妳的冒險故事非常感人。如果妳願意拿著這盞油燈，我會在前面為妳指路，我們只要沿著這條走道往前走，就不會碰到任何人。」

「我覺得好像有什麼人在我們後面跟著，」葛爾姐說。確實有件什麼東西從她身邊穿過，它就像牆上倏忽閃動的影子，有鬃毛飄逸和足蹄奔騰的馬群、騎馬的武士、年輕的獵人和高貴的仕女們。

「這些都只是夢影而已！」溫順的烏鴉說，「它們在夜晚來到這裡，將那些顯貴人物的思想，帶出去游獵一番。這倒是一件好事，因為這樣我們就有更好的機會去觀察在床上睡著的他們。只是，當找到妳的哥哥之後，妳一定會得到榮華富貴和享不盡的福氣的，到時候可不要忘了我們呀！」

「別說那種話了！」樹林的那隻烏鴉說。

他們現在走進了第一座大廳；四周牆上掛著許多玫瑰色的綢緞，上面繡著華麗的花飾。在這裡，夢影們沙沙地從他們身邊掠了過去，跑得非常地快，以至於葛爾姐認不出這些顯貴人物。他們走過的大廳和房間，一個比一個更加富麗堂皇，讓人眼花撩亂。最後，他們終於來到了一間臥室。

臥室的中央立著一根巨大的金色柱子，就像是棕櫚樹的樹幹；上面布滿了用珍貴的水晶做成的棕櫚葉，裝飾著整個天花板；其中有兩張床各像是一朵百合花，懸在一根金色的花莖上。一張床的顏色是白的，裡面睡著公主；另一張是紅色的，葛爾姐心想在那裡面一定可以找到小凱伊。

ELIZABETH ELLENDER

KATHARINE BEVERLEY

The Snow Queen
冰雪女王

她急忙把一片紅色的百合花瓣撥到一邊，看見了棕色的脖子，哦，這一定是凱伊！她高興地喊了聲「凱伊！」，同時把手上的燈火移近他。這時，那些夢影騎著馬衝回房間裡，他也醒了過來；待葛爾妲轉過頭一看，原來他並不是小凱伊。

　　駙馬只是頭頸的部分像凱伊，他是一位年輕又英俊的少年。這時公主也醒了過來，從白色的百合花床向外張望，問是誰在這裡。葛爾妲哭了起來，把整個故事和烏鴉給她的幫助全都告訴了他們。

　　「可憐的孩子！」駙馬和公主說。他們又稱讚了兩隻烏鴉一番，說自己對牠們所做的事並不生氣，只是牠們可不能經常做這樣的事。雖然如此，牠們還是應該因為善心助人而受到嘉獎。

　　「你們想要自由自在地飛翔呢？」公主問，「還是願意被指派為宮廷烏鴉，享受吃宮廷廚房裡剩飯的待遇？」

　　這兩隻烏鴉鞠躬行禮，請求擔任這個光榮的職位。這是因為牠們考慮到在自己老了以後，還能夠有口飯吃、生活無憂，總是一件令人安心的事。

　　然後，駙馬起身讓葛爾妲睡在自己床上，並給她蓋好被子，這是他唯一能為她做的。葛爾妲躺下，把小手的十根手指交握著，心想：「他們個個對我多麼好呀！不管是人還是動物。」她閉上眼睛，一下子就香甜地睡著了。所有的夢影飛到了她的身邊；這一次它們就像是天使一樣，一個一個拉著雪橇，而凱伊就坐在雪橇裡，頻頻向葛爾妲揮著手。可是這一切都是虛幻的，一旦醒來，美夢就會消失不見。

到了第二天，她全身穿戴上絲綢和天鵝絨的衣服。他們想邀請小女孩留在王宮裡，和他們一同享受舒適的生活。但是，她卻執意不肯，只要求了一輛馬拉的小車和一雙新靴子，那樣的話，她就可以前往遼闊的大地，繼續去尋找凱伊了。

　　駙馬和公主送給她幾雙靴子和暖手筒，還有漂亮的衣服。當葛爾妲準備好要離開的時候，一輛純金打造的馬車就停在王宮門口等她；馬車上面還閃耀著如星星般璀璨的皇室徽章。車夫、僕人和侍從也全都穿戴著華麗的衣帽。駙馬和公主親自把她扶上了馬車，同時祝願她一路平安。那隻樹林裡的烏鴉，現在已經結了婚，打算陪她走三哩的路程。牠蹲坐在葛爾妲身邊，因為朝後面坐著的話，會讓牠不舒服。至於溫順的烏鴉太太則站在門口，拍著翅膀致意。牠不能跟他們同行，牠的頭在痛，因為牠剛獲得的那個職位，讓牠吃下太多的東西了。馬車上堆滿了各種甜餅乾，座位底下則有水果和薑餅、果仁。

　　「再會了！再會了！」駙馬和公主喊著，葛爾妲哭了起來，烏鴉太太也哭了。在走了幾哩路以後，烏鴉先生也必須說再見了，只是這是一次令人傷心的離別。牠飛到了一棵樹上，站在那裡用力地拍動著牠的黑色翅膀；直到牠完全看不見那輛在陽光下發出耀眼光芒的馬車為止。

5

強盜女孩

　　當葛爾姐的馬車穿過一座茂密的森林，儘管金色的馬車像火把那樣把路照亮，同時卻也吸引了強盜的注意。他們可不會錯過眼前的這樁大生意。

　　「它是金的！它是金的！」他們大聲喊著，並向前衝過來抓住那些馬。接著他們出手把車夫、僕人和侍從等人全都殺了，又把葛爾姐從馬車裡給拖了出來。

　　「她長得又胖又漂亮，一定是吃堅果仁長大的！」一個強盜老婆子說。她長出了一些又長又硬的鬍鬚，蓬鬆的眉毛簡直快把眼睛蓋住了。「她像隻羊羔一樣嫩，吃起來的味道該有多好哪！」於是，她抽出了一把明晃晃的匕首，寒光閃閃令人害怕。

　　「哎唷，哎唷！」強盜婆子忽然大叫起來，就在她舉起匕首正要砍向葛爾姐的時候，她的女兒抓住了她的背，在她的耳朵上狠狠咬了一口。這小女孩既頑皮又蠻橫，強盜婆子叫她「壞東西」，這樣就讓她沒工夫去害葛爾姐了。

「我要她陪我一起玩！」強盜女孩說，「她得把她的暖手筒和連身裙給我，和我一起在床上睡覺。」然後，她又把她的母親咬得跳了起來，哇哇亂叫。其他強盜看見，全都哈哈大笑地說：「瞧！她和她的小丫頭玩得多麼開心呀！」。

「我要坐這輛馬車！」她想怎樣就怎樣，因為她既任性又倔強。她和葛爾妲坐在車子裡，一路越過樹樁和石頭，一直駛進了樹林的深處。強盜女孩和葛爾妲年紀相當，不過她的身材比較結實，肩膀較寬而皮膚也更黑一點。她有一對漆黑的眼睛，只是，看上去有些憂鬱的樣子。

強盜女孩伸出手，攬住了葛爾妲的腰說：「只要我喜歡妳，他們就不會把妳殺掉。我想妳是一位公主，對嗎？」

「不是的。」葛爾妲說。接著，她就把自己多麼愛凱伊，以及長途跋涉地尋找他和路上所遭遇的各種經過，也全都告訴了她。

強盜女孩聽完後，認真地看著她，搖搖頭說：「就算我生妳的氣，他們也不能殺妳；因為即使要殺，我也寧願自己動手。」然後，她伸手擦乾了葛爾妲的眼淚，又把兩隻手伸進了那個既柔軟又溫暖的暖手筒裡。

馬車最後駛進了強盜城堡的庭院裡停了下來。

這座城堡已經半毀，從牆頭到牆腳都裂開了；而許多渡鴉和烏鴉從裂口和窟窿裡飛了出來，進進出出；還有幾隻體型龐大的哈巴狗跳得老高，每一隻都像是能把一個人給吞下肚似的。不過這裡不允許牠們吠叫。

女孩們進入了一座煙霧瀰漫的大廳裡。熊熊的火焰正在石頭鋪

的地板上燃燒，因為沒有煙囪，因此冒出來的煙就只能上升到天花板；一口巨大的鍋子裡正煮著熱湯，而野兔肉也在鐵架上烤著。

「今天晚上妳和我，還有所有的小動物一起睡覺。」她們吃喝了一頓之後，強盜女孩這麼說。於是，她把葛爾妲帶到了鋪著乾草和地毯的大廳角落。大約有一百隻鴿子停在她們周圍的長板條和木架上，好像全都睡著了。不過當兩個小女孩走近牠們時，牠們受到了一點驚嚇。

「牠們可都是我的喲，」強盜女孩說著，又抓住了離她最近的一隻鴿子，握住牠那雙可憐的鳥腿，把牠晃了幾下。「親一親牠吧！」她說著，又讓鴿子的翅膀在葛爾妲的臉上拍打。

「蹲在那邊的是旅鴿，」強盜女孩指了指牆壁上方一個用木條堵住的洞口說，「那兩個壞東西如果沒有被牢牢地關起來，一下子就會飛走了。」

「這個呢，是我的大寶貝！」她說著，然後抓著一頭馴鹿的鹿角把牠拉了過來。馴鹿的脖子上戴著一個光亮的銅環，繩子的另一端被拴在一塊大石頭上。「我不得不把牠牢牢地拴起來，否則牠就會從我的手上逃走。每天晚上，我都會用一把尖尖的匕首在牠的脖子上搔一搔癢，牠就怕我使出這一招。」說著，強盜女孩就從牆壁上抽出一把刀，在馴鹿的脖子上輕輕地滑來滑去，可憐的馴鹿嚇得把腳踢來踢去。強盜女孩哈哈大笑起來，又一把葛爾妲拉下來，和她一起躺倒在床上。

「當妳睡覺的時候，也會帶著那把刀嗎？」葛爾妲盯著那把刀驚恐地問。

「我睡覺時一向把刀放在身邊的，」強盜女孩說，「因為沒人知道會發生什麼意外。現在，把關於凱伊，還有妳為什麼要滿世界亂闖的事，全部再給我說一遍吧！」

葛爾妲於是又把她的事從頭說了一遍。這時，籠子裡的旅鴿發出了咕咕的叫聲，而其他的鴿子則全都睡著了。強盜女孩一隻手臂摟著葛爾妲的脖子，而另一隻手則握著那把刀，很快地也睡著了。葛爾妲可以聽見她沉重的呼吸聲，但是她卻整夜無法闔上眼睛，她不知道自己之後會變得如何，或者是否會受到生活的折磨。強盜們圍坐在火堆旁唱歌喝酒，那個強盜婆子則東倒西歪地想跳舞助興。對一個小女孩來說，這副景象顯得既陰森又可怕。

「咕，咕。我們見過小凱伊。」這時一隻旅鴿忽然開口說話，「有一隻大白鵝馱著他的雪橇，而他自己則坐在冰雪女王的大雪橇裡。正當我們還躺在窩裡的時候，大雪橇一路穿過了森林。她對著我們這群小鴿子吹氣，除了我們兩個以外，所有其他的小鴿子全都凍死了——咕，咕，咕。」

「你們在說什麼？」葛爾妲哭著問，「冰雪女王在哪裡？這件事你們還知道什麼嗎？」

「她最有可能是前往拉普蘭去了，那裡整年都是冰天雪地的。不然妳問問被繩子拴在那裡的馴鹿！」

ELIZABETH ELLENDER

KATHARINE BEVERLEY

「沒錯，那裡確實整年都是冰天雪地的，」馴鹿說，「但那可是個了不起的地方呀！誰都可以在那片閃閃發光的冰原上，自由自在地又跑又跳。在那裡，冰雪女王架起了她夏天的行宮大帳；不過她更常居住的宮殿卻是靠近北極，在一個叫作史匹茲卑爾根的島上。」

「哦，凱伊，小凱伊！」葛爾妲嘆氣道。

「妳給我老實點睡覺！」強盜女孩說，「不然我就把匕首插進妳的肚皮裡。」

到了第二天早晨，葛爾妲把旅鴿說的話，全都告訴了強盜女孩。強盜女孩的樣子有點嚴肅，搖搖頭說：「全都是空話！全都是些空話！你知道拉普蘭是什麼地方嗎？」她又問起馴鹿。

「當然了，誰會比我知道得更清楚？」馴鹿說。牠的兩眼閃動著異樣的光彩，「我就是在那兒出生，在那兒長大的，也常在那個一直覆蓋著白雪的平原上奔跑跳躍。」

「現在妳聽好了！」強盜女孩說，「葛爾妲，我們的人這會兒都出去幹活了——只有我的媽媽還在，她會一直待在這兒。不過，每天快到中午的時候，她總會從那個大瓶子裡喝不少酒，然後睡上一會兒。到那時，我再給妳想想辦法。」

接著，強盜女孩跳下了床，蹦蹦跳跳地來到她的媽媽跟前，緊緊摟著媽媽的脖子，又拉拉她的鬍子，然後說：「早上好呀，我親愛的老母山羊！」她的母親則伸出手指，在她的鼻尖上彈了一下，疼得強盜女孩直咬她的手。她們嘻嘻哈哈地玩鬧了一陣子。

KATHARINE BEVERLEY

The Snow Queen
冰雪女王

等到強盜婆子把那瓶酒喝個精光，醉倒了過去以後，強盜女孩走到馴鹿那兒，說：「聽著，我原本想用這把小刀在你的脖子上多搔幾回癢，因為每當我這麼做，你的樣子看起來可真逗趣。可是，現在我改變主意了，我這會兒就解開你的繩子放你走，這樣你就可以回到拉普蘭去了。不過你得讓你的四條腿好好派上用場，把這個小女孩帶到冰雪女王的城堡去——她的小玩伴就在那裡。她對我說的話你可都聽到了，因為她說話的聲音很響，而你也都偷聽去了。」

這時候馴鹿高興地跳來跳去。接著，強盜女孩把葛爾妲抱上了牠的背，而且謹慎地把她繫牢，還把自己的一個小墊子給她當坐墊。

「這是妳的毛皮靴子，」她說，「妳在那個非常寒冷的地方會用得上它；但是這個暖手筒我想要自己留著，因為它太漂亮了，沒有它你不會凍僵的。這是我媽媽的一副大手套，它可以一直套到妳的胳臂肘上。讓我幫你把它們戴上吧，瞧！現在妳的手看起來就像我媽媽那雙笨拙的手了。」葛爾妲流下了感激的淚水。

「我可不願意看妳哭的樣子，」強盜女孩說，「妳現在應該要看起來很快樂才對。這裡有一些麵包和火腿，帶著在路上吃吧，這樣妳就不會挨餓了。」她把這些食物掛在馴鹿的身上，然後打開了大門，把幾隻大狗都哄進屋裡來；再用她的刀子割斷了繩索，對馴鹿說：「你跑吧！不過妳得好好照料這個小女孩！」

在葛爾妲將戴著大手套的一隻手伸向強盜女孩道別之後，馴鹿便穿過了樹樁和石墩，又越過了沼澤地和茂密的樹林，在大草原上盡情奔跑起來。

豺狼在嚎叫，烏鴉在嘎嘎叫著。「嘶，嘶」天空中有紅光像火焰般閃耀。「那些是我所熟悉的北極光！」馴鹿說，「瞧，它們多麼漂亮呀！」牠日夜奔跑著，就像疾風那樣快，就在他們抵達拉普蘭的時候，麵包和火腿正好全都吃完了。

ELIZABETH ELLENDER

KATHARINE BEVERLEY

∽ 6 ∽

拉普蘭老太太與芬蘭女智者

他們在一個小房子前停了下來。這個小房子看起來很簡陋——屋頂就快要塌到地面了，門也低矮得讓屋裡的人都不得不伏在地上，用雙手和膝蓋爬進爬出。屋子裡只有一個拉普蘭老太太，她正在一盞鯨油燈旁煎著魚。馴鹿把葛爾妲的事情全跟她說了，不過牠先說了自己的，因為牠覺得那是最重要的。葛爾妲已經凍得連一點力氣也沒有，一句話也說不出來。

「唉呀，你們這兩個可憐的小東西！」拉普蘭老太太說，「你們前面還有很長的路要走呢！你們還得走兩、三百哩路，才到得了芬蘭，因為冰雪女王現在正在那兒度假，每晚在天空燃放藍色的火焰。我會給你在一條魚乾上寫幾個字——因為我沒有紙，你們可以把它帶去一個住在芬蘭的女智者那裡，比起我，她可以告訴你們更多的消息。

ELIZABETH ELLENDER   KATHARINE BEVERLEY—

The Snow Queen
冰雪女王

所以，當葛爾妲和馴鹿暖了暖身子，又吃喝了一些東西之後，拉普蘭老太太在一條鱈魚乾上寫了幾句話，並且告訴葛爾妲要小心收著。然後，她把小葛爾妲再次牢牢繫在馴鹿的背上，馴鹿就立刻動身出發，拔起腿來放蹄狂奔。

閃呀，閃呀，迷人的藍色北極光整夜在天空中閃耀著。就這樣，他們到達了芬蘭。他們找到了那位女智者的家，敲了敲她的煙囪，因為她的房子連一扇門也沒有。

他們爬了進去，但是房子裡因為爐子的熱氣悶熱得嚇人。那位女智者幾乎不穿什麼衣服，她的個子很矮小，而且身上很髒。她馬上為葛爾妲把衣服解開，把她的大手套和靴子脫下，否則這裡能把葛爾妲給熱昏過去。接著，她還在馴鹿的頭上放了一塊冰，然後讀了魚乾上寫的字。她一連讀了三遍，直到把這些字都記熟了以後，就把魚乾扔進一個湯鍋裡煮，因為她知道用它能做出美味的晚餐。她一向不浪費任何東西的。馴鹿先說了自己的故事，又說了葛爾妲的故事。只見女智者眨了眨她慧點明亮的眼睛，卻沒說什麼話。

「您擁有強大的力量，」馴鹿說，「我還知道，您可以用一根細繩子把世界上所有的風串在一起。要是有船長鬆開了其中的一個結，他就可以得到一陣好風；再鬆開另一個的話，風力就會變得更強一些；要是把第三個和第四個也鬆開，那就會刮起暴風，就連整座森林裡的樹也會被連根拔起，而大船也會被掀個船底朝天。您能不能發發好心，給這個小女孩吃上或喝上一點什麼東西，使她擁有十二個人的力氣，好去制服冰雪女王呢？」

「十二個人的力量！」女智者重複了這句話，「那可管用得很哪！」接著，她走到櫥櫃那兒，抱了一大捆羊皮紙卷下來，把它攤了開來仔細閱讀。那上面全寫著些奇怪的字符。女智者讀了又讀，直到額頭滴下了汗珠。

不過，馴鹿又幫著葛爾妲殷切地乞求了女智者一番，而葛爾妲也用一雙充滿悲戚的淚眼默默地看著她。女智者又眨了眨她那充滿同情心的雙眼，然後把馴鹿牽到牆角邊，重新放一塊新鮮的冰塊在牠的頭上，低聲地說：

「小凱伊確實是在冰雪女王那裡，但是他覺得那裡的所有東西都使他稱心滿意，所以，他覺得那裡是世界上最好的地方。只不過，這全是因為他的心裡有一塊魔鏡的碎片，眼睛裡也有一片魔鏡碎屑的緣故——除非能把它們取出來，否則他就永遠無法重新為人，冰雪女王也將永遠保有對他的控制力。」

「那麼您能不能給葛爾妲喝點什麼東西，讓她得到比所有那些邪惡的東西更多的力量呢？」馴鹿說。

「我不能給她比她現在已經擁有的，更加強大的力量了。」

女智者說，「你沒有看出她的力量有多強大嗎？你沒有看見男人和動物都必須為她效勞？沒有看出她打著一雙赤腳，卻在這世界上跑了多遠的路嗎？她不需要從我這兒獲得任何比她現在所擁有的，更大的力量了；因為她強大的力量就來自她自己內心的純潔和善良。如果她自己不能到達冰雪女王那兒，把魔鏡的碎片從小凱伊的身上拿掉，那麼我們也沒有什麼辦法可以幫助她的了。從這裡過去兩哩路就是冰雪女王的花園。你可以帶這個小女孩到那裡去，把

ELIZABETH ELLENDER—   KATHARINE BEVERLEY—

她放在雪地上一處長滿了紅色漿果的灌木林旁。然後，不要在那裡逗留閒聊，要抓緊時間回到這兒來。」

於是，女智者把小葛爾妲抱到馴鹿的背上，馴鹿就背著她飛快地出發了。

「唉呀！我忘了穿我的靴子了！我忘了戴我的大手套了！」葛爾妲立刻就感受到刺骨的寒冷喊叫了出來。但是，馴鹿卻不敢停下來，直到牠跑到了長滿紅色漿果的灌木林旁。牠把葛爾妲放了下來，又在她的嘴上吻了一下，一顆顆晶瑩剔透的淚珠從牠的臉頰滑落。接著，牠就離開了她，很快地跑回到女智者那裡去了。可憐的葛爾妲既沒有靴子，也沒有手套，就站立在孤寂、荒涼、冰天雪地的芬蘭大地上。

她拼命地向前跑去；這時，有一片又一片的雪花捲了過來。它們並不是從天上落下來的，因為天上沒有烏雲，而且還閃耀著北極光。這些雪花是沿著地面一路捲過來的，離得越近，就變得越大。葛爾妲想起了從前，她曾經透過放大鏡仔細觀察過雪花的樣子，那樣的雪花顯得多麼巨大和奇妙呀！只是，現在這些雪花似乎更為巨大和可怕，它們就像是有生命的、活生生的。它們其實是冰雪女王的衛兵，而且奇形怪狀、五花八門。有些看起來像醜陋的大刺蝟，有些則像是伸長了頭扭成一團的蛇，還有一些又像是鬃毛直豎的小胖熊。然而，它們全都白得令人目眩，全都是活著的雪花。

葛爾妲開始唸唸有詞地向上天誦禱：「我們在天上的父親……」，天氣越來越冷，她看見從自己的嘴裡呼出的熱氣頓時化

成一團煙霧。她越是不住地誦禱，霧氣就越來越濃，直到化身成許多光亮的小天使的模樣，當它們碰觸到地面就變得更大。它們全都戴著頭盔，手持著矛和盾。它們的數目繼續增加，越來越多，當葛爾姐唸完禱文時，她的身邊已經有整整一個軍團的天使了。

這些天使軍兵用長矛刺向各種各樣的可怕雪花，把它們打成無數的碎片，小葛爾姐於是能夠平安而穩步地向前邁進。天使們撫摸著她的手和腳，使她幾乎感覺不到冰冷，勇氣百倍地朝著冰雪女王的宮殿走去。

現在，我們需要先看一看宮殿裡的凱伊在幹什麼。他肯定沒有想到葛爾姐，更不會想到葛爾姐竟然已經來到王宮門口了。

～ 7 ～

冰雪女王的王宮和那裡發生的事

　　王宮的牆壁是由積雪所砌成的，而它的門和窗則是刺骨的寒風。王宮裡有一百個以上的廳室，其中最大的寬達好幾哩。絢爛的北極光為它們提供了照明；整個宮殿裡的房間都是如此巨大空曠、刺骨的冰冷和令人心驚的光亮。在這個沉悶的地方，不會有過什麼歡慶和娛樂，甚至連小熊的舞會也沒有；而人們或許會想像，暴風雪可能會在這裡奏起交響樂，北極熊用牠們的後腿站立，表演各種曼妙的舞姿。但是，牠們卻連玩撲克牌或是拍拍腳掌這些遊戲，或者是連年輕的狐狸小姐們的茶會也完全沒有。

　　冰雪女王的廳堂和房間的確很多，不過卻都是空無一物、大而無當、寒氣逼人。北極光變化萬狀卻按鐘點精準地照耀，何時該發出刺眼的光芒，何時卻要黯淡無光。在這個沒有邊際又空蕩蕩的雪宮大廳中央，有一個結冰的湖，湖面的冰碎裂成上千塊，但這些冰片每一塊的形狀都相同、晶瑩透亮，簡直像是精雕的藝術品一樣。每當女王待在家的時候，她便坐在冰湖的中央；她把這湖稱為「理

智的鏡子」，喃喃自語地說自己正坐在這面鏡子之上，而它是一面世上最好的，也是唯一的鏡子。

　　凱伊則是凍得發青，幾乎是凍得發黑了，但他卻沒有任何感覺；因為冰雪女王用親吻讓他所有的冷顫都消失了，只不過他的心也已經變成一塊冰。他正在搬動著幾塊平整而銳利的冰片，把它們移來移去，像是想拼湊出一個什麼圖案。就好像人們會用一些小木塊拼出不同的圖案，被稱之為「中國拼圖」的東西。

　　小凱伊的雙手非常靈巧，他正在玩的是理智的冰塊遊戲。在他的眼裡，這圖案是最了不起，同時也是最重要的東西；只是，這完全是因為黏在他眼睛裡的那片魔鏡碎屑正在作怪的緣故。他拼出了許多完整的圖案，構成各種不同的字詞，不過他卻怎麼也拼不出他真正想要拼出來的那個字——「永恆」。

　　冰雪女王曾經對他說：「當你能拼出那個字的時候，你就能當自己的主人了，我將給你整個世界和一雙新的冰靴作為禮物。」但是，他卻怎麼也拼不出來。

　　「現在我必須趕到溫暖的國家去，」冰雪女王說，「我將要飛過天空，去看看那些會噴火的黑罐子！」她所指的就是人們所謂的埃特納火山和維蘇威火山。「我將使它們變得白一點！這對檸檬和葡萄是有好處的。」

　　於是，冰雪女王便離開了，留下了凱伊獨自一個人坐在許多哩寬的冰宮大廳裡。他就這樣坐著，呆望著身邊的那些冰片，思緒紛亂，直到他想得頭都痛了起來。只是，他坐在那裡一動也不動，人

們都以為他已經被凍僵了。

　　就在這時候，葛爾姐穿過王宮大門走了進來。刺骨的寒風在她四周咆哮，但是在她重複了之前所唸誦的祈禱文，風兒便沉寂下去，像是睡著了似的。當她走進了凱伊所在的那個空曠又寒冷的大廳時便看見了他，也立刻就認出他來。她飛也似地向他跑過去，用雙臂緊緊摟住了他的脖子，叫出聲來：「凱伊，親愛的小凱伊！我總算找到你了！」

　　但是，他只是呆坐在那裡，直挺挺，冷冰冰的。

　　這時候，葛爾姐大哭了起來，熱淚滴落到凱伊的胸膛上，滲進了他的心裡，把那裡面的雪塊融化了，也溶解了落在那裡面的一小塊魔鏡碎片。凱伊呆望著葛爾姐，而葛爾姐則唱了起來：

我們的玫瑰綻放又凋零，
我們的聖嬰卻永遠都在；
願我們蒙福親見祂的面，
就像是永遠的小孩。

　　這時，凱伊也大哭了起來，淚如泉湧。這一哭，使得眼睛裡的魔鏡碎屑也流了出來。現在他能認出葛爾姐了，他快樂地大叫，「葛爾姐，親愛的葛爾姐，這些日子以來妳都去了哪裡？我這又是在哪裡呀？」他環顧四周說道，「這裡好寒冷啊！好寬闊和荒涼啊！」

　　他抱緊了葛爾姐。葛爾姐則是開心地大笑，一會兒卻又哭了起

來。甚至就連周圍的冰塊也被他們的喜悅感染了，它們也歡樂地跳起舞來。而當他們因為跳得太疲憊而躺下時，正好拼出了那個冰雪女王所說的，那個他必須拼出來才能成為自己的主宰，並且得到整個世界和一雙新冰靴的字。

葛爾妲親吻了他的雙頰，它們就像花那樣綻開了。當她親吻了他的眼睛，它們也就變得像她自己的雙眼那樣閃閃發光。當她親吻他的手和腳，他便立刻恢復了健康和活力。冰雪女王現在只要願意，隨時都能回到王宮來，但這也已經不重要。因為解除禁錮小凱伊的那個字，已經亮晶晶地被寫在冰湖上了。

他們兄妹兩人手牽著手，一起走出這座巨大的冰宮。他們談起了老奶奶，談起了家裡屋頂上盛開的玫瑰花。在他們走過的地方，風雪立時止息、陽光破雲照耀。

當他們回到那個長滿紅色漿果的灌木林時，看見馴鹿正在那兒等待他們。牠還帶來了另一隻小母鹿，牠的乳房正鼓得滿滿的，可以給這兩個孩子溫暖的鹿奶喝。母鹿還在他們喝飽了以後，親吻了他們的嘴。兩隻鹿將凱伊和葛爾妲馱在背上，先是把他們送到了芬蘭女智者那裡，讓他們在她那個很熱的房子裡暖一暖身子，然後也問清了回家的路程。

接著，他們又來到了拉普蘭老太太的住處。她已經為這兩個孩子做好了新衣服，而且還修好了自己的雪橇送給他們。

馴鹿和小母鹿陪伴著他們一同來到了拉普蘭的邊境。這時早春的植物已經開始冒出綠芽，大地逐漸復甦。拉普蘭老太太和兩頭馴

鹿終於必須向他們告別了，大家全都依依不捨地互道珍重。

　　初春的鳥兒喃喃地唱著歌，森林蓋滿了新綠的嫩葉。有一匹漂亮的馬兒從森林裡跑出來，葛爾妲一眼便認出那是曾經為她拉過金馬車的駿馬。馬背上騎著一位年輕的女孩，頭上戴著一頂閃亮的紅帽子，皮帶上插著手槍。她就是那個強盜女孩，在家待膩了，想要先到北方去；要是那裡不合她的意，她就再到世界上的其他地方去遊歷。一見到葛爾妲她立刻就認出來了，葛爾妲更是忘不了她。這可真是一場快樂的相會。

　　「你可真是個好小子，竟然這樣到處流浪！」強盜女孩對凱伊說，「我倒是想知道，你值不值得讓人跑到天涯海角去找尋你。」

　　葛爾妲撫摸著強盜女孩的臉龐，問起了駙馬和公主的事。

　　「他們到國外旅行去了。」強盜女孩說。

　　「那麼，烏鴉怎麼樣了？」葛爾妲又問。

　　「啊！烏鴉死了，」她回答，「那隻溫順的母烏鴉如今成了寡婦，所以牠在一隻腿上繫了一塊黑絨布。牠哀戚地呻吟又叨叨絮絮的，但那又有什麼用？！」

　　「現在，快告訴我，妳是怎麼把他找回來的？」強盜女孩急切地問。於是，葛爾妲和凱伊把事情的經過一五一十地全都告訴了她。

　　「哎呀呀，敢情好！」強盜女孩說。

　　她握著他們兩人的手，承諾如果她日後經過了他們的城市，一定要去拜訪他們。接著，她向他們告別，獨自騎著馬奔向了遼闊無垠的蒼茫世界。

ELIZABETH ELLENDER

KATHARINE BEVERLEY—

葛爾妲和凱伊繼續手牽著手走在回家的路上。美麗的春天使得一路上的綠樹成蔭、花朵芬芳。有一天，他們來到了一座城市，教堂的鐘聲正歡樂地響起。這時他們從那些教堂的尖塔，認出了這正是他們自己所居住的城市。

　　他們興奮地走進城裡，欣喜地回到了老奶奶家的門口。當他們爬上樓梯、走進了那個無比熟悉的房間──這兒的一切景物依舊。老時鐘滴滴答答響，上面的指針猶如先前那樣轉動著。只是，有一個改變卻是發生在他們自己身上的：他們發現自己已經長成大人了。屋頂上的玫瑰正在敞開的窗子前盛開，玫瑰樹下有好幾張小孩坐的凳子。凱伊和葛爾妲走上前，坐在各自的椅子上，握住了彼此的手。他們如今已經把冰雪女王的王宮裡的冰冷和荒涼拋到腦後了，就像是作了一場噩夢。

　　這時，老奶奶正坐在上帝所恩賜的陽光之中，從《聖經》中讀出這些話：「你們若不回轉，變成小孩子的樣式，斷不得進天國。」

　　凱伊和葛爾妲互相凝視著對方，它們現在領悟了那首聖詩的意義──

我們的玫瑰綻放又凋零，

我們的聖嬰卻永遠都在；

願我們蒙福親見祂的面，

就像是永遠的小孩。

　　這兩個快樂的人，坐在那裡，儘管已經長大成人了，內心卻仍然還是小孩。這時圍繞著他們的，已是燦爛的夏天，溫暖而光輝的夏天。〔1858 年〕

冰雪女王的王宮和那裡發生的事

冰雪女王
故事與藝術賞析

劉夏泱

～ 故事賞析 ～
Story Appreciation

　　這則童話故事無疑是意味深長的。從故事以一種神話般的形式開始，講述一位魔法師打造了一面魔鏡。無論什麼美好的事物被這面魔鏡一照，就會變小和化為烏有；醜陋的事物，卻會被放大和強化。從故事的開頭這面魔鏡被打碎，到結尾時，魔鏡又被象徵性地復原，讓這個童話具有了完整性。

　　故事的主角是一對青梅竹馬，小男孩叫凱伊，小女孩的名字叫葛爾妲。無論是炎熱的夏天或是嚴寒的冬天，他們兩個人都一起快樂地玩耍，度過許多幸福的時光。然而，一切都因為破碎的魔鏡在世界上四處飄散，當碎片飄進了小男孩的心裡，使得原本生活在樂園裡的這對小男女美好的關係，發生了變化。

※

　　故事中有三個重要的象徵物，分別是**鏡子、玫瑰**和**冰雪**。鏡子在故事裡具有反射、對照、對比等對立的意涵。而在玫瑰與冰雪這兩個東西之下，分別衍生出夏天—冬天、溫暖—寒冷、情感—理性、幸福—痛苦等，這幾組相對的概念。

　　在故事裡對玫瑰的描寫，「**玫瑰花們爭奇鬥艷，五顏六色，開滿了小小的花園。**」象徵了一種原始狀態，特別是關係的和諧與美好。如果沒有這種圖像，就很難在後來的情節裡描述，在葛爾妲心中，產生一種試圖將被破壞的關係加以恢復的強大動力。這股驅動力在安徒生的筆下，甚至具有某種精神信仰意義。他寫道：小女孩學會了一首聖詩，是關於玫瑰的，小男孩也學小女孩唱出了這首聖詩，兩個人都非常開心。小女孩這樣唱：「**我們的玫瑰**

綻放又凋零，我們的聖嬰卻永遠都在；願我們蒙福親見祂的面，就像是永遠的小孩。」

在關係因為魔鏡而受到破壞之後，接下來的故事朝向兩個個別由凱伊和葛爾妲所代表**冰雪**和**玫瑰**的方向發展。雖然凱伊受到了魔鏡碎片的影響，變得愛批評從前所熟悉和喜愛的東西，對親人冷漠、叛逆，不再喜歡小孩子的東西，而對那些青少年的玩意兒更加感興趣。或許這裡也暗示了一種男孩們在成長和成熟的同時，受到群體和社會的影響所帶來性格上的改變。

有一段書寫，一方面描寫凱伊對觀察尋常事物的興趣；另一方面也描寫每個事物的微觀產生出另一種面貌，這些都反映出凱伊對理性增進的興趣：**「『葛爾妲，過來這裡，看看這個放大鏡！』他走回屋裡說著。每片雪花都被放得更大了，就像是一朵朵燦爛的金花，或像是十角狀的星星，它們迷人極了。『看，這樣子看起來多麼奇妙呀！』」**只是，理性全然壓過感情層面，卻產生另一種純粹的偏執。所以，凱伊說的話所反映的就是這種扭曲的心理：**「這些放大了的雪花，比起那些真正的花看上去有趣多了。它們可沒有什麼瑕疵呢，要是能夠不化掉的話，那可就是真正的完美了！」**安徒生使他筆下的凱伊具有一副更「合理」的成長面貌，而不單只是魔法帶來的影響而已。

※

接下來，凱伊朝向**冰雪**的方向前進，而葛爾妲則朝向**玫瑰**的方向前進。就在凱伊拋下葛爾妲去了廣場和朋友玩雪橇時，冰雪女王乘著大雪橇來到，她利用了凱伊喜歡冒險刺激的心理將他帶走，又以一種成熟女性之美的魅力迷惑了凱伊。她的吻使得凱伊就好像失去了所有的記憶，就連小葛爾妲、老奶奶以及家裡所有的人全都給忘記了。

就在凱伊失去蹤跡以後，葛爾妲為了尋找凱伊，四處打探他的消息。就在她想把自己全新的紅鞋送給河水作為禮物，小船駛離了岸邊而把她帶到一

處神祕的所在。女巫很喜歡葛爾姐，想要把她長久地留在這裡，為了不讓葛爾姐想起**玫瑰花**，他便刻意讓百花盛開的魔幻花園裡的**玫瑰**，沉入黑土裡隱藏了起來。直到有一天，她瞥見女巫在自己大帽子上的**玫瑰**，而想起了一切：自己家裡的玫瑰花和最親愛的小玩伴凱伊。接下來，葛爾姐便向花園裡的各種花打聽凱伊的下落，而花朵們則非常詩意地分別述說了自己夢中的故事。

✿

　　虎皮百合花說了一個令人驚心動魄的故事，故事是關於有個寡婦在丈夫的火葬儀式上，心繫著另外一人，炎熱的愛情烈火簡直要將她融化和燒盡。**杜鵑花**說的是一個平淡的故事，它只是在說，有位美麗的女孩似乎正在等待某個人，她美麗的絲綢裙子被風吹得沙沙作響，彷彿在說**「他怎麼還不過來呢？」**雪花蓮的故事描述了一幅天真爛漫的景象，在一座鞦韆上坐著兩個小女孩，她們的哥哥則站在鞦韆上，伸出手臂挽著繩子讓自己站穩，一隻手裡握著小杯子，另一隻手則拿著一根泥菸嘴；他在吹肥皂泡。它說：**「一塊搖盪的鞦韆板和一個個破掉的泡泡，就是我想說的故事。」**風信子則說了一個詭祕的故事，有三姐妹手牽手在寂靜的湖邊跳著舞。甜蜜的芳香吸引了這三姐妹，於是她們便進入森林裡消失了。這時有三具棺材，從樹林的深處漂到湖上來，裡面便躺著那三位美麗的女孩。然後它問道：**「那三位跳舞的女孩是睡著了，還是死去了呢？花的香氣說她們已經死了，晚鐘為她們敲響了輓歌。」**金鳳花唱了一首歌，歌裡有一個老奶奶坐在屋子門口的一把扶手椅上，她的孫女，一個漂亮又貧窮的女孩，正好從外地回到家裡，她親吻了老奶奶。在這個幸福的親吻中藏有金子。**水仙花**說的則是閣樓裡小舞者的故事。她有時用一條腿休息，有時用兩條腿。她把整個世界踩在腳底下，就像她只是一個幻影。當它伸展著一條腿站立起來，就好像立在一根花莖上的鮮花。於是水仙花喊道：**「我可以看見自己！我看見自己了！」**

這六種花的故事就像訴說了它們的花語，又像是道出了各自的謎語。表面上似乎與葛爾妲沒有關聯，不過，故事裡所提到的六種事物：**火焰、微風、肥皂泡、香氣、金子、幻影**，卻象徵性地述說了人生中可能經歷的各種情感，既有深刻的愛情，也有純真的親情，甚至還有顧影自戀的心境，和對生命消亡的質疑和探問。這段故事可能要說的是：葛爾妲已在某個特殊的情境裡，目睹了各式各樣人生和情感的縮影而得到了成長。（人若去過了幻境，怎可能無所變化呢。）

當葛爾妲認為花朵們所說的故事與她無關，匆忙地從花園裡跑了出去時，花園外的世間，已是萬木蕭瑟和荒涼灰暗的秋天了。烏鴉領著她去到公主伉儷那裡尋找凱伊。公主和駙馬的部分是這整個故事裡一段完整的小故事。聰明又博學的公主對外招婿，有一位風度翩翩的少年前來，他非常討人喜歡。他說自己並不是來向公主求婚，而是專程來聆聽她的智慧。「**他對她十分滿意，而她也對他十分滿意。**」他似乎認為自己與公主之間是平等的，所以充滿了自信，只是他更看重的是她的智慧而非尊貴的地位。

有一段安徒生描寫出現在皇宮牆上的「夢影」，也非常引人入勝。它「**從她身邊穿過，它就像牆上倏忽閃動的影子，有鬃毛飄逸和足蹄奔騰的馬群、騎馬的武士、年輕的獵人和高貴的仕女們。**」溫順的烏鴉解釋說，「**它們在夜晚來到這裡，將那些顯貴人物的思想，帶出去游獵一番。這倒是一件好事，因為這樣我們就有更好的機會去觀察在床上睡著的他們。**」這對新婚夫婦和凱伊、葛爾妲之間，似乎有一種對照關係，只是這時的葛爾妲對於凱伊，似乎還是更接近兄妹之情。因為當她以為是凱伊娶了公主之後，並沒有嫉妒或傷心的反應。

雖然他們也不知道凱伊的下落，但卻仁慈而慷慨地支持了葛爾妲的尋人

行動。不僅送給了她華美的用品和漂亮衣服，甚至還有黃金打造的馬車和車夫、僕人們。只是這些好東西不只沒幫助到她，反而給她帶來新的危機：當葛爾妲的馬車穿過森林時，引起了強盜們的注意。就在葛爾妲將要被殺的危急時刻，有個強盜女孩解救了她，只不過，強盜女孩是想要葛爾妲來當自己的玩伴。安徒生可說是把禍福相倚的哲學，在故事裡發揮得淋漓盡致了。

從表面上看，葛爾妲雖然得救，但還是陷入了危機裡，距離找到凱伊的目標又更遠了。但是，葛爾妲卻因禍得福，因為她在強盜女孩的寵物們裡意外認識了目睹冰雪女王帶走凱伊的旅鴿，和一隻知道冰雪女王宮殿所在地——拉普蘭的馴鹿。安徒生對這個特別的人物——強盜女孩豐富的內心狀態描寫得也很生動，儘管她的行為看似自私又蠻橫，卻擁有一顆纖細和善良的心。她似乎對一切都充滿了好奇，而受到葛爾妲極大的觸動，所以也給予了葛爾妲最主要的幫助。

儘管葛爾妲此時已經得到許多人和動物們的幫助，但即使她抵達冰雪女王的宮殿，找到了凱伊，能否把他帶回家仍是個未知數。馴鹿帶著葛爾妲先到了拉普蘭老太太那裡，而老太太又指示他們去找芬蘭女智者。這時，讀者可能會期待女智者能給葛爾妲什麼厲害的法寶，可以用來解除冰雪女王的魔咒；馴鹿也確實代替葛爾妲向女智者討要具有強大魔力的靈藥或法寶。但是，女智者除了從羊皮紙卷上讀出冰雪女王帶走凱伊，還有魔鏡碎片落進凱伊心裡的事以外，並沒有給葛爾妲什麼別的東西。她說：「**我不能給她比她現在已經擁有的，更加強大的力量了。**」

女智者說，「**你沒有看出她的力量有多強大嗎？**」她解釋，「**你沒有看見男人和動物都必須為她效勞？沒有看出她打著一雙赤腳，卻在這世界上跑了多遠的路嗎？**」所以，她才會說，葛爾妲根本不需要再從她那兒獲得比她

已經有的，更大的力量了，「**因為她強大的力量就來自她自己內心的純潔和善良。**」這裡，安徒生似乎是在說，內心的純潔和善良自有一種偉大的力量，勝過世上其他的法寶。可是擁有了這種力量，卻也不能輕易被召喚出來；她還是需要憑自己的毅力去到冰雪女王那兒，而且要親自把魔鏡的碎片從凱伊身上拿掉。

葛爾妲雖然看似弱小又一無所有，而冰雪女王的眾多兵卒卻看似無比強大，「**它們奇形怪狀、五花八門。有些看起來像醜陋的大刺蝟，有些則像伸長了頭扭成一團的蛇，還有一些又像鬃毛直豎的小胖熊。然而，它們全都白得令人目眩，全都是活著的雪花。**」儘管如此，此刻從葛爾妲的嘴裡呼出的熱氣頓時化成一團煙霧。「**她越是不住地誦禱，霧氣就越來越濃，直到化身成許多光亮的小天使的模樣，當它們碰觸到地面就變得更大。它們全都戴著頭盔，手持著矛和盾。**」這些天使的數目不斷增加，越來越多，終於，她的身邊聚集了整整一個軍團的天使。這些天使軍兵將可怕雪花兵卒們打成無數的碎片，使她能夠繼續朝著冰雪女王的宮殿走去。

終於，故事來到最後一個難關了，冰雪女王的雪宮大廳裡，中央有一個結冰的湖，湖面的冰碎裂成上千塊。這些冰片每一塊的形狀相同、晶瑩透亮，女王把這湖稱為「理智的鏡子」，這裡就呼應了故事一開始的魔鏡，以及破碎的鏡子需要被復原的設定。冰雪女王對玩著冰塊遊戲的凱伊說，「**當你能拼出了那個字的時候，你就能當自己的主人了，我將給你整個世界和一雙新的冰靴作為禮物。**」但是，他卻怎麼也拼不出來。

終於，無法喚醒凱伊又無計可施的葛爾妲大哭起來，這是無助的哭泣，卻也是滋生出力量的眼淚。當熱淚滲進了凱伊的心裡，把那裡面的雪塊融化了，也溶解了落在那裡面的魔鏡碎片。凱伊呆望著葛爾妲，而葛爾妲則唱了

起歌：「**我們的玫瑰綻放又凋零，我們的聖嬰卻永遠都在；願我們蒙福親見祂的面，就像是永遠的小孩。**」

終於，玫瑰戰勝了冰雪。這是他們兒時經常唱的聖歌，裡面隱藏著永恆的線索。就連周圍的冰塊也被他們的喜悅感染了，它們也歡樂地跳起舞來，正好拼出了冰雪女王所說的，那個他必須拼出來才能成為自己的主宰，並且得到整個世界和一雙新冰靴的那個字——「永恆」。這也象徵著原來那個被魔鏡造成的許多世界上的事扭曲和醜化，在凱伊身上被復原了。所以，凱伊終於又恢復成原來還是孩童的那個凱伊，不只如此，「**葛爾姐親吻了他的雙頰，它們就像花那樣綻開了。**」至此，他們之間的感情轉化成了愛情。冰雪女王再也不具威脅了，因為解脫禁錮凱伊的那個字已經被憶起。在此，安徒生也可能有意藉凱伊暗示一種少年戀母的情結，只是一種虛幻的迷戀，而非這種與葛爾達之間的自由的、對等的，成熟而真實的愛情。

故事的尾聲，他們倆在回家的路上又巧遇了強盜女孩，那女孩受到了葛爾姐的影響，所以想到外面的世界遊歷一番。這女孩也許羨慕葛爾姐有勇往直前的勇氣，見識過世界的精彩；或者是羨慕她心中有那樣一個人讓自己去救。她將繼續一路闖蕩下去，於是和他們告別，期待未來有相見的一天。安徒生寫這個故事的時候，是在社會風氣依然保守的 1844 年，像那樣獨自一人騎著馬四處旅行，恐怕是當時的女孩們不可能擁有的自由。

綜觀整個故事，在這則寓意豐富的童話裡，我們至少可以找到三個不同層次的意義。第一個層次表現的是一個擁有堅定意志力的小女孩，經歷各種危險和磨難，最終解救了一個受到迷惑和遭到禁錮的小男孩。第二個層次表現的是，我們上述所談論的關於**玫瑰**和**冰雪**各別所象徵和涵蓋的意義，由**玫瑰**所代表的情感和溫暖，能夠戰勝**冰雪**所代表的人性的冷漠和理性的扭曲。

第三個層次則表現了安徒生所信仰的，一種以愛為最高價值的宗教，它以基督宗教的形式呈現出來：它使存在被賦予永恆的意義，使象徵破碎世界的魔鏡被復原，虛空的心理被填滿，虛無主義的迷惑被解除。獲得這些並不是透過一種堅苦卓絕的求道之旅；而是回歸到自我最原始和最單純的初心。所以，在故事裡透過聖詩所再三強調的精神──「回轉成小孩的純真」，可以在《新約聖經》的《馬太福音》18 章 3 節讀到，**「我實在告訴你們：你們若不回轉，變成小孩子的樣式，斷不得進天國。」**而這也是葛爾妲雖然是一個柔弱的小女孩，一無所有，卻因為心性純真，而其實是強大而富足的，就如《哥林多後書》6 章 10 節所說，「似乎貧窮，卻是叫許多人富足的；似乎一無所有，卻是樣樣都有的。」

比佛利與艾蘭德的冰雪女王

The Snow Queen of Beverley & Ellender

　　隨著美國童書市場在第一次世界大戰後蓬勃發展，凱瑟琳・比佛利（Katharine Beverley）和伊莉莎白・艾蘭德（Elizabeth Ellender）是美國出版商所委託的新一批藝術家，以繪製平價化的兒童插畫書籍。她們將紅色、白色和黑色，大量且富有張力地運用在冰雪女王的故事中，表現出一種類似比亞茲萊（Aubrey Beardsley）的藝術形式。可惜的是，這本美麗的插畫書似乎是比佛利和艾蘭德的職業生涯巔峰之作，後來在 1935 年她們與查爾斯・侯比歐（Charles Haubiel）合作的《鵝媽媽歌本》，並沒有令人驚豔的表現；在那之後，也沒有關於她們生平的詳細資訊被保存下來。儘管如此，憑藉這本《冰雪女王》所表現出的裝飾性藝術（Art Deco）風格，它在一個長期被歐洲進口書壟斷的美國童書市場上，留下了令人極為深刻的印象。在 1929 年11 月 14 日星期四〈布朗先驅日報〉的一則書評裡，一位評論家盛讚這本《冰雪女王》具有「奇妙而詩意的美感」，並寫道：「我不知道讀者怎麼看待此書，但是，有許多以兒童作為主要讀者的書，對我而言卻具有恆久的吸引力。」

　　儘管自 1920 年代以來，全彩印刷在技術方面取得了驚人的進步，但是製作成本往往非常高昂。這則安徒生最長的童話故事，能以相對廉價的雙色印刷製作，正好也為藝術家和印刷者和著眼於大眾童書市場的出版商三方，提供一個絕佳的合作方案。而能讓裝飾性藝術在民眾日常生活中得以被體現——這也是藝術與工藝運動（Arts and Crafts Movement）以及後來的新藝術運動（Art Nouveau）和裝飾性藝術所共同訴求的信念。

冰雪女王當代插畫家名作賞析
Masterpiece Appreciation

〈冰雪女王〉（丹麥文：Snedronningen）是丹麥作家安徒生所創作的《安徒生童話》系列中的著名原創童話故事。此故事在 1844 年 12 月 21 日的《新童話》中首次出版，於 1845 年間，新歷險記中的第 1 卷第 2 集出現（丹麥文：Nye Eventyr Første bind, første Samling，1845）。故事圍繞著葛爾姐和她的朋友凱伊所經歷的冒險故事展開。〈冰雪女王〉也是安徒生童話中篇幅最長、人物最多的故事之一。由於篇幅長，分成七段故事來敘述：一、魔鏡的碎片；二、小男孩和小女孩；三、被施咒的花園；四、小王子和小公主；五、強盜女孩；六、拉普蘭老太太與芬蘭女智者；七、冰雪女王的王宮和那裡發生的事。

〈冰雪女王〉最為人所熟知的，莫過於 2013 年迪士尼公司根據這則童話所改編為 3D 動畫電影的《冰雪奇緣》（Frozen）。這部改編自《冰雪女王》的電影，被譽為是自迪士尼公司在二戰後的衰落，在 1989 年左右重新回到了大量製作佳片的高峰，所謂的「迪士尼文藝復興時期」之後，最出色的動畫片。極為成功的口碑為本片在全球各地獲得 12.76 億美元的票房佳績，並榮登 2013 年度全球電影票房冠軍。直到 2019 年才被翻拍的《獅子王》超越。

在書籍插畫方面，自〈冰雪女王〉在 1844 年被創作和出版以來，為這個故事進行插繪的插畫家並不在少數，尤其在所謂的「插畫藝術黃金時期」（意指約在 1870–1930 年間，以英國為主的西歐國家，其插畫書的創作和印製蓬勃發展，水準倍受推崇的時期），也有一些重量級的插畫家為這個故事進行插繪。除了本書——由凱瑟琳·比佛利和伊莉莎白·艾蘭德繪製的經典版本之外，還有以下幾個版本也非常值得介紹。

✷ 愛蓮娜・波以爾（Eleanor Vere Boyle）

　　愛蓮娜・波以爾（1825–1916）於 1872 年出版的《安徒生童話》（*Fairy Tales by Hans Christian Andersen*），可說是安徒生童話早期插畫書中最為出色的版本。她是英國維多利亞時代的藝術家，作品主要是兒童書籍的水彩畫插圖。她是第一批在英國社會獲得成就認可的女藝術家之一，成為 1860 年代最重要的女性插畫家之一。由於深受前拉斐爾派藝術（Pre-Raphaelites）的畫風影響，她除了特別注重描畫中的細節，經常繪畫愛情和死亡這些前拉斐爾派常見的題材，像那些陰鬱蔥翠的木刻雕版和套印彩圖，也很典型地突顯出前拉斐爾派重視大自然和義大利的文化和服飾這些特點。波以爾的〈冰雪女王〉選擇的是童話第三段故事「被施咒的花園」中，女巫接待葛爾妲的情景（圖 1、2）。

01　　02

The Snow Queen
冰雪女王

❋ 杜格爾德・沃克（Dugald Stewart Walker）

杜格爾德・沃克（1883–1937）是美國 20 世紀初期著名的插畫家。他的《安徒生童話》（*Fairy Tales from Hans Christian Andersen*）於 1914 年出版。圖3 是書中的〈冰雪女王〉插圖。他因本書獲得許多人的欣賞，此後陸續接到委託案，開啟了插畫書的生涯。他的作品以其精美的細節、精緻的點綴和華麗設計而著稱。

❋ 萊夫勒（Heinrich Lefler）& 約瑟夫・厄本（Josef Urban）

由兩位奧地利（奧匈帝國）藝術家海因里希・萊夫勒（1863–1919）和約瑟夫・厄本（1872–1933）所繪製，名為《奇蹟專輯》（*Csoda Album*）的安徒生插畫作品，也很值得介紹。它的內容收錄了 12 則童話故事，1911 年以匈牙利文在布達佩斯出版。這兩位藝術家都是奧匈帝國重量級的藝術家。萊夫勒非常擅長使用自然元素進行創作，並獨樹一幟地採用華麗的紋樣，構造出舞台布景式的形式，反映了奧地利王室的優雅華貴。厄本原來是一位建築師，除了創作插畫以外，他還是一位舞台設計師（圖4）。

03　04

✹ 瑟希爾·沃爾頓（Cecile Walton）

瑟希爾·沃爾頓（1891–1956）是傑出的英國蘇格蘭插畫家。她在 1911 年出版的《安徒生童話故事》（*Hans Andersen's Fairy Tales*），大約是 20 歲左右繪製的。儘管非常年輕，但是她在詮釋故事的角度、人物造型和整體構圖等方面，很是別出心裁，風格也迥異於其他插畫家。這裡是她所插繪的第七段故事「冰雪女王的王宮和那裡發生的事」（圖 5）。

✹ 雅諾·阿普頓（Honor Charlotte Appleton）

雅諾·阿普頓（1879–1951）是英國兒童書籍的女插畫家，這裡分享的作品來自她於 1925 年出版的《安徒生童話故事》（*Hans Andersen's Fairy Tales*）。她在職業生涯中曾經插繪了 150 多本書，初期是兒童故事，後來則轉向文學經典。她的畫作有一種精緻、妍麗的水彩畫質感。她選擇繪製的情景是第二段故事「小男孩和小女孩」（圖 6）和第六段故事「拉普蘭老太太與芬蘭女智者」（圖 7）。

07

05　06

ON AND ON THEY SPED · · ·

HONOR C. APPLETON

The Snow Queen
冰雪女王

接下來要介紹的，是插畫藝術黃金時期中幾位最重量級的插畫家，以及他們為〈冰雪女王〉所繪製的版本。

❀ 凱・尼爾森（Kay Rasmus Nielsen）

凱・尼爾森（1886-1957）出生於丹麥哥本哈根的富裕家庭，後來在法國巴黎學習藝術。他在 1911 年至 1916 年間停留在英國倫敦，期間接受了幾個委託案，為出版社繪製了一系列童書，極受歡迎。他的《安徒生童話故事》（*Fairy Tales by Hans Andersen*）於 1924 年出版，其中的〈冰雪女王〉，他選擇的是故事的開頭第一段「魔鏡的碎片」（圖8），和最後一段「冰雪女王的王宮和那裡發生的事」的情景（圖9）。尼爾森的插畫常常帶有日本版畫風格，像是大片留白、誇張變形、鮮明華麗的色彩。雖然就這兩幅插畫而言，他將習慣性的表現手法收斂了許多，而運用了較為抽象的方式，但那些詭譎流動的雲、東方格調的樹、周邊象徵的點綴物，都令畫面富含著張力。

❀ 威廉・希斯・羅賓遜（William Heath Robinson）

威廉・希斯・羅賓遜（1872-1944）是英國漫畫家和插畫家，主要因繪製既離譜又複雜的機械圖畫而聞名。他的插畫事業開始於 25 歲左右，為不少童書繪製插圖。他的《安徒生童話故事》（*Hans Andersen's Fairy Tales*）於 1913 年出版。從他的插畫中很容易發現，他筆下的人物模樣和造型總是討人喜愛的，這很可能跟他插畫世家的背景有關。他的父親托馬斯・羅賓遜（Thomas Robinson），是英國極富社會影響力的幽默諷刺週刊《笨趣雜誌》（*Punch*, 1841-2002）長期配合的插畫師。此外，他的構圖方式通常很四平八穩，巧妙地遵循著古典的繪畫原則，所以一向給人一種和諧感，這或許也和他對機械科學的興趣有關。圖10、11分別描繪了「小王子和小公主」的兩個場景。

The Snow Queen
冰雪女王

哈利·克拉克（Harry Clarke）

哈利·克拉克（1889–1931）是愛爾蘭的彩色玻璃藝術家及插畫家，他也是愛爾蘭美術與工藝運動的主要人物。這本出版於 1916 年的《安徒生童話故事》，也是一本經典的安徒生童話插畫書。他似乎以從事藝術工作的精神及熱情，投入在這本童話書的繪製上。儘管，他只為〈冰雪女王〉插繪了一張關於「小男孩和小女孩」的彩色插畫（圖 12），但人們很難不注意到他筆下人物的造型和畫面的構圖、色彩和細節，全都帶著他個人獨特的詮釋角度和強烈的藝術風格。很難令人相信這樣前衛的童話插畫表現，是來自於 20 世紀初期。

艾德蒙·杜拉克（Edmund Dulac）

艾德蒙·杜拉克（1882–1953）是法國著名的插畫家和郵票設計師。他出生於法國的圖盧茲（Toulouse），早期學習法律，後來才轉向藝術領域。杜拉克所繪製的這本《安徒生童話故事》（*Stories from Hans Andersen*）於 1911 年出版，其中共有 28 幅彩色插圖，〈冰雪女王〉則佔了 6 張。這裡的兩幅是描繪「小王子和小公主」（圖 13）和「拉普蘭老太太與芬蘭女智者」（圖 14）中的情景。杜拉克的每一幅插畫都是畫面飽滿、色彩豔麗、極富藝術風格的畫作，或者說是出自某部精心製作的動畫片，因為畫中的每個細節，都能令人感受到插畫家用心的程度。杜拉克之所以被視為「插畫藝術黃金時期」最重要的代表人物之一，是因為他非常典型地展現了此前的插畫家，在繪製童話故事類書籍時所投注的嚴肅態度和敬業精神。

The Snow Queen
冰雪女王

✳ 亞瑟‧瑞克漢（Arthur Rackham）

　　這裡介紹的最後一位是英國插圖家亞瑟‧瑞克漢（1867–1939）。他生於英國肯特郡（Kent），17歲時遠航到澳大利亞，翌年就學於蘭貝斯藝術學院。1892年，他成為國家報《威斯敏特斯預算》（*Westminster Budget*）的記者，同時兼職插畫。20世紀初，瑞克漢開始經常為童書或雜誌繪製插畫。儘管他與艾德蒙‧杜拉克和凱‧尼爾森等人同為「插畫藝術黃金時期」的重量級人物，但是他的《安徒生童話故事》（Fairy Tales by Hans Andersen）出版於1932年，時間上相對較晚。他在書中一共為〈冰雪女王〉繪製了5張插畫，這裡的插畫是描繪「小男孩和小女孩」（圖15）與「強盜女孩」（圖16）中的情景。他的插畫主要是以粗筆素描為底，其中的彩圖也是在素描的底圖

上塗上印度油墨；因此，他的每一幅插畫總有著線條俐落、輪廓分明的特點。相較於其他插畫家，在瑞克漢的畫中，對於那些大自然的景物，尤其是樹木和岩石，瑞克漢總是不厭其煩地勾勒出它們的各個細節。

冰雪女王

【復刻珍藏版】安徒生經典插畫復刻，冰雪奇緣動畫故事原型

The Snow Queen

原　　　　著	安徒生 (Hans Christian Andersen)	
繪　　　　圖	凱瑟琳・比佛利 (Katharine Beverley)	
	伊莉莎白・艾蘭德 (Elizabeth Ellender)	
策劃・賞析	劉夏泱	
翻　　　　譯	李康莉	
封 面 設 計	許紘維	
內 頁 排 版	高巧怡	
行 銷 企 劃	林瑀・陳慧敏	
行 銷 統 籌	駱漢琦	
業 務 發 行	邱紹溢	
營 運 顧 問	郭其彬	
責 任 編 輯	劉淑蘭・賴靜儀	
總 編 輯	李亞南	
出　　　　版	漫遊者文化事業股份有限公司	
地　　　　址	台北市松山區復興北路331號4樓	
電　　　　話	(02) 2715-2022	
傳　　　　真	(02) 2715-2021	
服 務 信 箱	service@azothbooks.com	
網 路 書 店	www.azothbooks.com	
臉　　　　書	www.facebook.com/azothbooks.read	
營 運 統 籌	大雁文化事業股份有限公司	
地　　　　址	台北市松山區復興北路333號11樓之4	
劃 撥 帳 號	50022001	
戶　　　　名	漫遊者文化事業股份有限公司	
初 版 1 刷	2022年10月	
定　　　　價	台幣380元	

ISBN　978-986-489-413-0

有著作權・侵害必究（Printed in Taiwan）

本書如有缺頁、破損、裝訂錯誤，請寄回本公司更換。

國家圖書館出版品預行編目 (CIP) 資料

冰雪女王：【復刻珍藏版】安徒生經典插畫復刻，
冰雪奇緣動畫故事原型/ 安徒生(Hans Christian
Andersen) 原著；凱瑟琳・比佛利(Katharine
Beverley), 伊莉莎白・艾蘭德(Elizabeth Ellender) 繪
圖；劉夏泱策劃・賞析；李康莉翻譯. -- 初版. -- 臺北市
：漫遊者文化事業股份有限公司, 2022.10
128 面；17X23 公分
譯自：The snow queen
ISBN 978-986-489-413-0（平裝）

881.5596　　　　　　　　　　　　　　　109017266

漫遊，一種新的路上觀察學
www.azothbooks.com

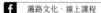
漫遊者文化

大人的素養課，通往自由學習之路
www.ontheroad.today

遍路文化・線上課程